PASSAGEIRO DO FIM DO DIA

RUBENS FIGUEIREDO

Passageiro do fim do dia

3ª reimpressão

Copyright © 2010 by Rubens Figueiredo

Grafia atualizada segundo o Acordo Ortográfico da Língua Portuguesa de 1990, que entrou em vigor no Brasil em 2009.

Capa
Retina_78

Foto de capa
© Bruno Veiga

Edição
Heloisa Jahn

Revisão
Daniela Medeiros
Arlete Zebber

Os personagens e as situações desta obra são reais apenas no universo da ficção; não se referem a pessoas e fatos concretos, e sobre eles não emitem opinião.

Dados Internacionais de Catalogação na Publicação (CIP)
(Câmara Brasileira do Livro, SP, Brasil)

Figueiredo, Rubens
    Passageiro do fim do dia / Rubens Figueiredo. — 1ª ed.— São Paulo : Companhia das Letras, 2010.

    ISBN 978-85-359-1760-4

    1. Ficção brasileira I. Título.

10-10306   CDD-869.93

Índice para catálogo sistemático:
1. Ficção : Literatura brasileira   869.93

Todos os direitos desta edição reservados à
EDITORA SCHWARCZ LTDA.
Rua Bandeira Paulista, 702 cj. 32
04532-002 — São Paulo — SP
Telefone: (11) 3707-3500
www.companhiadasletras.com.br
www.blogdacompanhia.com.br
facebook.com/companhiadasletras
instagram.com/companhiadasletras
twitter.com/cialetras

Para Leny

Não ver, não entender e até não sentir. E tudo isso sem chegar a ser um idiota e muito menos um louco aos olhos das pessoas. Um distraído, de certo modo — e até meio sem querer. O que também ajudava. Motivo de gozação para uns, de afeição para outros, ali estava uma qualidade que, quase aos trinta anos, ele já podia confundir com o que era — aos olhos das pessoas. Só que não bastava. Por mais distraído que fosse, ainda era preciso buscar distrações.

Pedro abriu com a unha a tampinha da parte de trás do rádio minúsculo e trocou a pilha. A música foi devolvida, tão forte quanto os chiados e mais alta do que os barulhos da rua. Ele tinha enfiado os fones nos ouvidos. Estava de pé, num fim de tarde, colhido numa diagonal rasante por um sol cor de brasa que se recusava a ir embora e se negava a refrescar. Um sol quase colado à sua testa e também à testa de todos os outros, que se mantinham em ordem numa fila, à espera do ônibus no ponto final.

Não havia nada entre o sol e as cabeças de todos ali, a não ser a parte mais alta do poste de concreto e os fios bambos de eletricidade ou de telefone, que lá em cima irradiavam para os dois lados numa simetria de costelas. A sombra da fila, estendida quase ao máximo sobre a calçada, era a única sombra. A demora do ônibus, o bafo de urina e de lixo, a calçada feita de buracos e poças, o asfalto ardente com borrões azuis de óleo, quase a ponto de fumegar — Pedro já estava até habituado. Não são os mimados, mas sim os adaptados que vão sobreviver.

Pensando bem, não era tanto uma questão de hábito nem de mimos. Acontece que toda hora é hora de avançar na escala evolutiva, subir mais um degrau. É mesmo impossível ficar parado e, qualquer que seja a direção em que as pernas começam a andar, o chão logo toma a forma de uma escada. Além do mais, é preciso reconhecer: sem mal-estar, sem adversidade, sem um castigo sequer, como se pode esperar que haja alguma adaptação?

Pedro, talvez por causa da música engasgada nas orelhas, demorou a perceber que um ônibus se aproximava por trás, pela rua, rente à calçada. Vidros meio soltos nas janelas e placas frouxas de metal trepidavam dentro e fora do ônibus. A tampinha que protegia a boca do tanque de combustível tinha sido destravada e, a cada solavanco das rodas, o pequeno quadrado de metal estalava com força de encontro à lataria. Por um momento, a sombra alta e retangular do ônibus cobriu a sombra da fila na calçada. Mas o ônibus, em vez de parar, passou direto, deixou a fila para trás e foi estacionar no ponto seguinte, vinte e cinco metros adiante.

Era um ônibus de outra linha. O motorista desligou o motor, ergueu o corpo, saltou por cima do capô e desceu os três degraus da porta aos pulos, com toda a força. Cada pulo fez balançar a carroceria inteira. Depois, afobado, o motorista contornou o ônibus pela frente. Escondido das pessoas que aguardavam em várias filas na calçada, urinou a céu aberto — de costas para a rua, o corpo virado para a roda, quase encostado ao pneu dianteiro.

Com a chegada do ônibus que não servia para ele, Pedro percebeu como sua fila vibrou de uma ponta à outra, numa corrente de impaciência. Algumas cabeças viraram para trás, em busca do ônibus atrasado. Desconhecidos trocaram resmungos. Corpos mudaram o pé de apoio, calcando com rancor os buracos da calçada.

Mas até aí nada do que estava acontecendo chegava a ser novidade. Havia alguns meses que toda sexta-feira, à mesma hora, Pedro ia para aquele ponto final, tomava seu lugar na fila. Já conhecia de vista vários passageiros. Sem nenhum esforço e sem a mínima intenção, já sabia até alguma coisa a respeito de alguns — já contava com a irritação desse e com a resignação de um outro, por causa da demora do ônibus. Às vezes, sem perceber, chegava a brincar mentalmente, testava como as reações deles eram previsíveis. E por esse caminho misturava-se àquela gente, unia-se a alguns e, a partir deles, aproximava-se de todos. Mesmo assim, mesmo próximo, estava bastante claro que não podia ver as pessoas na fila como seres propriamente iguais a ele.

A razão, Pedro ignorava. Nem se esforçava em procurar uma razão, pois para ele tratava-se de um sentimento vago demais, quase em forma de segredo. Apesar disso, Pedro era obrigado a reconhecer que o impulso de partirem todos juntos na mesma direção e o afã de pontualidade, ou pelo menos de constância, não bastavam para fabricar um sangue comum. Aquelas pessoas pertenciam, quem sabe, a um ramo afastado da família. Mais que isso, já deviam constituir uma espécie nova e em evolução: alguns indivíduos resistiram por mais tempo; outros fraquejaram, ficaram para trás.

De onde estava, isolado por uma barreira que não era capaz de localizar, Pedro começava a enxergar em todos ali uma variedade de gente superior. Começava a pensar que ele mesmo, ou algo no seu sangue, tinha ficado para trás, em alguma curva errada nas gerações.

E pronto: ali estava um bom exemplo do que acontecia tantas vezes com Pedro. Ele sabia disso. De devaneio em devaneio, de desvio em desvio, seus pensamentos se precipitavam para longe, se desgarravam uns dos outros e no fim, em geral, acabavam se pulverizando sem deixar qualquer traço do que tinham sido, do que tinham acumulado. Às vezes, no entanto, ali mesmo na fila do ônibus, no meio daquelas pessoas, suas ideias perdidas voltavam atrás, de todas as direções, convergiam de um salto e Pedro, surpreso e até assustado, dava de cara com a pergunta: *Por que eles permitem que eu fique aqui? Por que não me expulsam, como é do seu direito?*

Sabia que, para muitos passageiros, aquele seria o segundo ônibus em sua viagem diária de volta para casa. Sabia que a mulher com aparência de uns sessenta anos, mas que devia ter só uns quarenta e três, com cinturões de gordura nas costas que marcavam profundas pregas na blusa, não tinha os dentes incisivos na arcada inferior. E sabia que ela trazia dentro da sacola, sempre abarrotada, uma Bíblia encapada em plástico transparente, que ia abrir e ler no seu banco do ônibus, durante a viagem de mais ou menos uma hora e meia.

Pedro sabia que o rapaz de uns vinte anos, de cabelo raspado, com dois dedos da mão paralisados para sempre numa ligeira curva em gancho por causa de algum acidente, ia dormir de cansaço no meio da viagem. A cabeça ia ficar encostada no vidro da janela, ou ia tombar de vez em quando, quase tocando em quem estivesse sentado ao seu lado.

Pedro sabia até que o homem de uns quarenta anos, com o uniforme de uma firma de consertos de eletrodomésticos e marcado no antebraço por uma cicatriz marrom de queimadura, trazia dobradas dentro da maleta de ferramentas as páginas da seção de esportes do jornal. No fim do expediente, ele devia pegar aquelas folhas na recepção da firma para ler durante a viagem.

O que Pedro na maior parte do tempo não sabia, ou não conseguia lembrar, era que ele mesmo estava ali, junto com os outros. Fazia os movimentos corretos, ocupava o espaço adequado ao local e à hora, e até se demorava observando e guardando detalhes — para ele acidentais, interessantes. Porém sua atenção tinha mais força do que qualidade. Enxergava bem, mas olhava como que de longe, ou como que através de um furo na parede. Sem ser visto, Pedro mesmo não se via. Não conseguia imaginar que aspecto teria — as costas, o braço, a nuca — aos olhos daquelas pessoas.

Na sombra da fila sobre a calçada, sua silhueta moveu o braço. Pedro mudou o rádio minúsculo de lugar, na tentativa de captar melhor a estação. Como os outros, estava cansado. Não tinha carregado caixotes de frangos congelados para a caçamba de um caminhão nem havia esfregado corredores e escadas de um prédio de quinze andares de cima até embaixo como alguns outros ali, mas tinha ficado muito tempo em pé no trabalho. O sangue parecia descer com um grande peso pelas pernas até o fundo dos pés. Os dedos endurecidos chegavam a latejar, apertados uns contra os outros, dentro do bico do tênis.

Alguém cantava no rádio, e com força, dentro do seu ouvido. Em geral as letras das canções não existiam para Pedro. Sua audição displicente, cansada, drenava todo o sentido das palavras. Depois se livrava também da articulação das sílabas. Restavam apenas o timbre, a altura, a cadência da voz e dos instrumentos.

Na sequência das notas musicais, Pedro distinguia então, por conta própria, frases de uma outra espécie. Marcadas por vírgulas e ponto final, providas de lógica e até de eloquência, eram frases tão perfeitas que, para elas, as palavras não faziam a menor falta. Pedro, com o gosto de quem ouve uma conversa inteligente, acompanhava o movimento daquelas frases, feitas só das notas da melodia e do acompanhamento. A argúcia das falas, no caso, se mostrava maior ainda, porque a conversa prosseguia e se ramificava em muitos caminhos, sem nunca ter de se referir a coisa alguma.

De repente, Pedro viu a mulher que trazia a Bíblia sair da fila e caminhar com sua bolsa pesada na direção da fila da frente. Talvez estivesse com mais pressa naquela tarde. O problema, raciocinou Pedro, pondo-se no lugar da passageira, era que a outra linha não servia para ela. Na verdade, aquele ônibus seguia por vários quilômetros o mesmo trajeto do ônibus que ainda não tinha chegado. Direção oeste: o sol sempre à frente, o sol cada vez mais baixo, agarrado às antenas e aos fios sobre o casario pobre e interminável que se alastrava dos dois lados da pista.

Mas, depois de quase uma hora de viagem, aquele ônibus fazia uma curva comprida, de cento e oitenta graus, e saía da via expressa bem antes do viaduto que dava acesso ao bairro onde a mulher morava. O mesmo bairro aonde Pedro queria chegar. No total, uns cinco quilômetros de diferença. Será que ela pretendia percorrer essa distância a pé, e ainda por cima com aquela bolsa pesada na mão?

Pedro mal havia terminado de pensar no assunto, fazer as contas e imaginar a sensação das pernas um pouco inchadas da mulher, quando viu duas estudantes de uns doze anos também abandonarem a fila. Uma puxou a outra pelo braço, deu até um puxão numa trancinha do cabelo da outra, arregalou os olhos muito brancos, sacudiu a cabeça na ponta do pescoço comprido e falou algo que Pedro não pôde ouvir. "Vamos embora, vem logo." Deve ter sido isso, pelo formato da boca. Após uma corridinha ágil com as pernas finas em movimentos de tesoura, recortadas pelo sol, as duas ocuparam o fim da fila, no ponto lá na frente.

Mais à frente ainda, no início da fila, os passageiros já estavam entrando no ônibus. Os assentos das janelas começaram a ser ocupados um a um. Dava para ver como as cabeças iam surgindo na abertura das janelas ou por trás dos vidros. Vários rostos viraram para trás e olharam na direção da fila de Pedro.

A simples demora do ônibus, mais longa do que a demora de sempre, talvez pudesse justificar o nervosismo, também diferente do de sempre, que vibrava agora na sua fila. Dava para sentir até de longe, até na cara dos passageiros nas janelas do ônibus parado no outro ponto. Só que Pedro não via razão para se deixar contagiar por aquela ansiedade. O atraso, por maior que fosse, ainda era só mais um atraso. Fazia parte da rotina e, dentro da rotina, havia sempre lugar para nervosismo, para irritação.

Na fila, bem diante dos seus olhos, Pedro olhava para uma nuca de pele grossa, muito vermelha de sol e vincada de rugas — ainda mais fundas no ponto em que a borda do colarinho fazia pressão contra a gordura do pescoço. Era um homem de cabelo grisalho e bem curto, que virou a cabeça para trás uma, duas vezes, em dúvida, inquieto. Falou alguma palavra para a mulher quase gorda à sua frente e em seguida saíram os dois da fila, às pressas. Foram os últimos a entrar naquele ônibus mais à frente. Logo depois o motorista fechou a porta com um chiado de ar comprimido e um estalo e o ônibus arrancou. Balançou mais forte ao se afastar da beira da rua, onde o asfalto era mais ondulado por causa do calor do sol, tão grande que o piche chegava a amolecer e afundar sob o peso das rodas.

Agora, só restava esperar na fila. Além do rádio, para escutar sobretudo nas horas de espera, Pedro sempre trazia na mochila um livro para ler na viagem. Possuía uma loja bem pequena, em sociedade com um amigo advogado, onde vendia livros de segunda mão. Nessa tarde trazia na mochila um volume de uma coleção que tinham vendido em bancas de revistas uns quinze anos antes. O volume tratava da vida e das ideias de Charles Darwin.

A capa de trás tinha sido arrancada. Sobre passagens do texto havia rabiscos eufóricos de alguma criança muito pequena que, num momento de distração dos pais, conseguira pôr as mãos no livro. Pedro sabia muito bem que essas coleções tinham fama de não valer grande coisa. Mesmo assim, no início daquela tarde um freguês havia erguido um pouco o livro com uma das mãos e, antes de repor no lugar, tinha comentado que o autor fazia uma introdução até bastante razoável ao assunto.

Mais tarde, com sua lojinha já sem fregueses, Pedro pegou o livro e, de pé, encostado ao balcão, leu umas oito páginas. Um torpor soprou morno em seu rosto enquanto lia, e a lassidão aumentava a cada página que virava. Mas não foi tanto o elogio do freguês que o atraiu, e menos ainda o assunto. Já tivera outro exemplar daquele livro para vender anos antes, quando ainda não era dono nem sócio da pequena livraria. Quando ainda não tinha nada.

Assim que viu a figura do sábio estampada na capa, no instante em que deparou com o emaranhado da longa barba cor de cinzas sobre o fundo cor de carne, bateu abrupta em sua memória a imagem do mesmo livro: chutado uma, duas, três vezes sobre as pedrinhas brancas e sujas da calçada, chutado com força e sem querer por pessoas que corriam aos empurrões, em atropelo e em fuga pela rua, enquanto olhavam para os lados e para trás, por cima do ombro, entre gritos e estampidos cada vez mais próximos e mais violentos que vinham de várias direções.

Pisado e chutado, o livro correu para um lado e para o outro, se rompeu em duas e em três partes. Os olhos de Pedro ficaram presos ao livro e o seguiram, golpe a golpe, aos sustos, cada vez mais longe, enquanto ao redor, em plena rua, o tumulto se espalhava. No meio de pernas em correria e através da fumaça azeda que de repente caiu sobre ele e fez arder os olhos, o nariz e o fundo do estômago, Pedro teve sua última visão do livro. A certa distância viu as folhas de um dos cadernos se soltarem da costura sob a força do escorregão de um sapato ou de um pé descalço. Por último, conseguiu avistar folhas espalhadas e murchas, irreconhecíveis, junto ao meio-fio molhado, na beira de um bueiro de ferro.

Assim, agora, nesse fim de tarde, na fila do ônibus, Pedro tinha a sensação de que carregava na mochila algo bastante pessoal. Para ser mais exato, ele poderia dizer que carregava sua tíbia inteira, do joelho até a articulação do tornozelo — a mesma articulação mal e porcamente reconstituída, horas depois, na noite daquele mesmo dia do tumulto na rua —, reconstituída por suturas externas e internas, por pinos e parafusos, enfiados e removidos no vaivém das dúvidas do cirurgião. Remendos e linhas, no fim das contas, quase tão inúteis quanto as costuras e grampos das folhas do livro chutado pela rua.

Também por isso o sangue descia mais pesado pela perna esquerda. O sangue esquentava e formigava na canela enquanto Pedro esperava de pé na fila de ônibus. Também por isso ele mancou ligeiramente quando sua fila, enfim, se pôs em movimento. Pois nesse intervalo, e sem ele notar, seu ônibus havia chegado e parado na beira da rua.

Depois de estacionar e desligar o motor, o motorista desceu a passos pesados pela porta da frente e, com a camisa desabotoada até o umbigo, foi conversar com o fiscal do ponto. Abanava muito as mãos, de vez em quando empurrava com força a massa de cabelo crespo para trás. A pele da testa, escurecida e ressecada pelo sol, se esticava sobre a frente larga do crânio. Como se não conseguisse conter uma irritação, chegou a dar dois tapas na guarita de fibra de vidro onde o fiscal se abrigava e de onde ele saiu com as mãos nos ouvidos e a cabeça abaixada.

Pedro, com os fones nos ouvidos, não ouviu o som dos tapas, mas pela força do gesto estava claro que deviam ter feito um bocado de barulho. Enquanto isso, depois de ter deixado com o fiscal uma folha de papel dobrada, a trocadora, quase uma anã, começou a escalar os degraus com um esforço ondulante dos quadris muito largos, rumo ao seu banco dentro do ônibus. Atrás dela, os passageiros começaram a entrar pela porta da frente.

Na calçada, junto à fila, um homem com um olho coberto por um curativo vendia sacos de amendoim, pacotes de biscoito e aparelhos de barbear feitos de plástico. Os produtos, amarrados em fieiras e em cachos, ficavam todos presos a um gancho de ferro cromado, do tipo usado para pendurar peças de carne em frigoríficos. O vendedor, de testa suada, mantinha-o erguido quase acima da cabeça com a mão esquerda, pois ali, no meio da calçada, não havia onde prender o gancho. Enquanto trocava palavras afobadas com um ou outro passageiro da fila interessado em comprar biscoito, o ambulante arregalava de tal jeito o olho que Pedro, por algum motivo, achou que o assunto de que estavam falando não podia ser apenas o biscoito. Não podia ser só a conta do troco.

Nisso, dentro do seu ouvido uma voz de mulher anunciou no rádio a cotação do dólar, do euro, do ouro e do barril de petróleo. Mencionou a taxa de juros do Banco Central e os índices da bolsa de valores de Nova York, de Tóquio e de São Paulo, em minúcias que chegavam aos centésimos. A mulher pareceu alegre — cada fração era preciosa e tilintava em seus dentes.

Mais atento à voz do que aos números, Pedro tentou imaginar a idade da locutora, seu rosto, se ela teria mesmo dólares em casa e que ações da bolsa teria comprado e vendido naquele dia, naquela tarde, talvez por meio de um telefonema logo depois de comer a sobremesa do almoço e escovar os dentes. Horas depois, encerrado o expediente na rádio, ela se deixaria levar no carro silencioso do namorado, um homem divorciado e com uma risca grisalha no cabelo. Iriam juntos a um restaurante, a uma boate para dançar, iriam rir e beber um pouco mais naquela noite de sexta-feira. Ou quem sabe tomariam drogas especiais, em drágeas coloridas que um amigo do homem tinha trazido do exterior.

Não foi uma sucessão de imagens o que Pedro viu em pensamento. Foi um quadro só, que acendeu e logo depois apagou. As drágeas, os tubos de petróleo no fundo do mar, as cifras acesas em fileiras de dígitos numa série de monitores luminosos suspensos. E os dentes do homem e da mulher surgiram todos, lado a lado, de uma só vez e num mesmo plano. Tudo era tão automático que nem havia tempo de se distribuir numa ordem.

Pedro subiu no ônibus e se demorou diante da trocadora, à procura de moedas na carteira para facilitar o troco. Quando passou na roleta percebeu que, no rádio, a voz da locutora foi substituída pelo anúncio de um seguro de automóveis oferecido por um banco. A vinheta sonora começou com uma longa e estridente freada, um som quase musical. Daí passou para um estrondo metálico, logo acompanhado por um estilhaçar de vidros. E culminou em três acordes graves de um teclado eletrônico que imitava uma orquestra. A sequência de sons, perfeitamente lógica e previsível, empurrou para dentro da cabeça de Pedro uma pergunta: *Será que os pneus deste ônibus também guincham desse jeito numa freada?*

Duas moedas escaparam da sua mão, caíram no piso de aço. O baque metálico, mesmo com seu tilintar abafado pelos fones que tinha nos ouvidos, fez vibrar uma sonoridade mais ou menos parecida com o espatifar do para-brisa que tinha acabado de ouvir no anúncio do rádio. Por isso, por causa desse som, quando Pedro se abaixou para pegar com a ponta dos dedos as moedas no chão e viu, ao nível dos olhos, os pés dos passageiros metidos em sapatos e em sandálias — passou de repente pela sua cabeça, e com toda a vivacidade, aquela memória, a antiga sensação, a cena muitas vezes repetida em pensamento: enquanto Pedro olhava, atento, seu livro ser pisado e chutado várias vezes pela rua, a larga vidraça de uma loja explodiu inteira bem em cima dele. Num jato, caquinhos de vidro se derramaram sobre suas costas.

Pedro nem soube como tinha ido parar deitado de bruços no meio da calçada. Era uma rua de pedestres. Foi então que veio a visão dos pés das pessoas, de sapatos, de sandálias — a visão de baixo, ao nível do chão. Logo depois, bem perto dos seus olhos, veio a figura dos frágeis tornozelos dos cavalos. A imagem dos cascos e das ferraduras que matraqueavam estridentes contra as pedras do calçamento e às vezes cuspiam faíscas.

Deitado de barriga para baixo sobre a calçada, num movimento instintivo, ele cobriu a cabeça com as mãos, com os braços. Sentiu o toque frio das pedrinhas brancas do calçamento direto na bochecha, no queixo, quase nos dentes. Pôde ver, entre os dedos da mão, lá na frente, a uns trinta metros, como um homem nu da cintura para cima e com a cabeça meio enrolada numa camiseta cinzenta se abaixou depressa, apanhou na calçada um bastão de onde saía uma fumaça branca e atirou-o com força mais ou menos na direção de Pedro. O bastão voou em rodopios, a fumaça branca desenhou anéis no ar. Depois o homem sem camisa correu para trás pela rua e sumiu, aos saltos, numa agilidade incrível.

Pedro sabia o que tinha de fazer: tinha de se levantar, não podia ficar ali deitado no meio do caminho. Então fez um movimento com o tronco. No mesmo instante, sentiu alguns caquinhos de vidro escorrerem da nuca para dentro da camisa, por trás da gola. Assim como as pedras da calçada, os pedacinhos de vidro pareceram muito frios ao tocar sua pele. Também devia haver alguns cacos entranhados no seu cabelo crespo, espesso, cheio de anéis miúdos. Por isso ele apalpou a cabeça com a mão aberta, de leve, tomando cuidado para não se cortar.

As lojas tinham baixado as portas de aço nos dois lados da

rua e pessoas se encostavam ali, sem ter onde entrar nem para onde fugir. Pedro viu como olhavam para ele — duas mulheres com cara de susto, boca de choro. Ainda meio deitado no chão, começando a se levantar, Pedro olhou para trás. Pensou nos livros que, meia hora antes, tinha posto na calçada para vender — todos bem arrumados em cima de um papelão. E imaginou se ainda ia conseguir recuperar alguns deles.

Mas agora, dentro do ônibus, na hora em que estava pagando sua passagem, Pedro se ergueu do chão, deu para a trocadora as moedas que pegou no piso de aço, apanhou o troco, meteu a carteira no bolso e foi sentar-se à janela, num banco mais alto que os outros, bem em cima da roda traseira. Não recuperou os livros, naquele dia — naquela vez em que houve o tumulto na rua. Mas agora, pelo menos, o livro sobre Darwin estava com ele — tantos anos depois. Recosturado, reencadernado, quase inteiro. Só faltava a contracapa.

Os quase cinquenta assentos do ônibus foram ocupados. Entraram mais dez passageiros que se espalharam, de pé, pelo corredor. O motorista subiu até o seu banco, arregaçou a bainha das calças, puxou as meias para cima, até o meio da batata da perna. Esfregou uma toalhinha em todo o arco do volante e depois a jogou embolada num canto, entre o para-brisa e o painel à sua frente.

Então, Pedro viu a passageira sentada no primeiro banco se inclinar para o motorista e falar alguma coisa por cima do ombro dele. O motorista nem virou a cara para trás. Só balançou a cabeça num gesto resignado — nem sim, nem não — e abriu um pouco os antebraços, com os cotovelos colados às costelas e as mãos viradas para cima.

No momento em que o ônibus partiu, Pedro voltou o rosto para a janela aberta ao seu lado. Quase pôs o nariz para fora, enquanto o ônibus dobrava a primeira esquina e a segunda esquina.

O motorista deu uma arrancada comprida, o motor lançou um ronco cada vez mais agudo e mais forte, até frear com um tranco diante de um sinal fechado. Todos levantaram um pouco a mão e esticaram o braço para a frente a fim de segurar-se nos tubos de alumínio aparafusados em cima do encosto dos bancos.

Um carro novo, grande, de marca sueca, se aproximou silenciosamente e parou ao lado. O cachorro sentado no banco do carona metia o focinho afoito pela fresta que o motorista — uma mulher, na verdade — tinha deixado aberta no alto do vidro da janela. Pedro olhou bem para o cachorro, acomodado sobre as patas traseiras num assento estofado em couro preto. Pedro também gostava de sentir o vento na cara, também seria capaz de acreditar, nessas horas, que a janela, toda e qualquer janela, de um ônibus, de um carro ou de uma casa, não tinha outra finalidade senão deixar o vento bater na cara da gente. Tanto assim que, quando o sinal abriu e o ônibus recomeçou a andar, Pedro levantou um pouco mais o nariz e pôs a cara só um centímetro para fora para aproveitar o vento.

Dali, o ônibus subiu ligeiro por um viaduto. Naquele momento, quem olhava através da janela tinha quase a impressão de estar num avião que decolava. Surgiram aos poucos os terraços das casas e dos prédios baixos: caixas d'água, antenas, telheiros precários, churrasqueiras, roupas penduradas para secar em cordinhas esticadas. Um homem descalço, de uns quarenta anos, sem camisa, soltava pipa num terraço com o olhar concentrado no céu e dava puxões curtos e ritmados na linha, movendo o antebraço para baixo e para cima, numa diagonal. Ao longe, por trás dele, se abria a ponta de um parque e o reflexo azul de uma lagoa.

Todos os passageiros sabiam que logo depois viria um túnel comprido, quase todo em curva. Ali dentro o rádio ficava mudo, só chiava, e depois da montanha de rocha, durante vários quilômetros, o aparelho pegava muito mal — o sinal das estações ficava mais fraco entre aquela serra e a serra seguinte, alguns quilômetros à frente. Pedro tirou os fones dos ouvidos e desligou o rádio. Quase no mesmo instante o barulho do motor começou a ecoar e girar entre as paredes de pedra do túnel. Formou-se um estrondo contínuo que, junto com o vento que entrou pelas janelas, tomou conta do ônibus inteiro. Parecia que era só o barulho, que era aquele ronco e mais nada o que sugava o ônibus para a frente, através do enorme buraco na montanha.

Pedro continuou a receber o vento na cara, junto com o barulho dos motores e junto com a poeira grossa do túnel. Se gostava tanto assim de vento, tinha mesmo de aproveitar ao máximo, porque, mais à frente, dali a pouco, o trânsito ia andar arrastado, ia quase parar. O cachorro, que viajava em seu banco de couro, talvez tivesse mais sorte. Talvez fosse para algum endereço próximo dali — era mesmo o mais provável. E lá, com a cabeça enfiada entre os balaústres da varanda de um apartamento no décimo quinto andar, o cachorro ia poder observar, com seus olhos inteligentes, o grande engarrafamento lá embaixo.

Mas para Pedro, a partir de certo ponto da viagem, a janela só ia servir para cozinhar a testa no sol rasteiro do fim da tarde. E também para bafejar nos seus olhos o gás queimado dos motores em ponto morto, os suspiros curtos da primeira e segunda marchas no trânsito engarrafado.

Seria, então, a hora de retirar o livro da mochila, a hora de acompanhar o famoso cientista inglês em sua viagem pelas ilhas e pelos países do sul. Talvez o livro não se referisse ao fato, mas Pedro sabia que um século e meio antes Darwin tinha passado por aquela mesma cidade onde ele vivia. Tinha percorrido aquele litoral com seu olhar observador. Tinha, sem dúvida, escolhido e apanhado umas borboletas, uns insetos, umas plantas, e tinha levado embora — tudo num catálogo bem ordenado e espetado dentro de caixas, talvez com tampas de vidro, com nomes e sobrenomes em latim.

No vidro das janelas, contra o fundo escuro do túnel, Pedro viu naquele momento o reflexo dos passageiros de pé, iluminados pelas luzes internas do ônibus. Ombro a ombro, com as mãos seguras aos tubos de alumínio no teto e nos bancos, eles tinham feições variadas. Borboletas, já não era comum encontrar na cidade, pensou Pedro. Insetos, sim, havia muitos. Ali mesmo, dentro do ônibus, acontecia de circularem umas baratinhas. Darwin talvez gostasse de saber que as ancestrais de algumas delas podiam ter chegado de outros países, em navios — quem sabe até no navio do próprio cientista —, ou, ao contrário, podiam ter embarcado sem querer daqui para outras terras. E lá como aqui algumas delas, as mais aptas, as que não desistem, haviam se adaptado ao novo ambiente, haviam apurado seu sangue, sua família. Tudo sempre para garantir que a melhor parte, a parte nobre, ficasse para si e para os seus.

De repente o ônibus saiu pela outra boca do túnel, desceu uma rampa ainda em certa velocidade por mais uns setecentos metros, até que o motor engrenado rugiu alto, como se quisesse fazer as rodas girarem no sentido contrário. O ônibus foi reduzindo a velocidade aos poucos até que o motorista parou no ponto. Do lado de fora, passageiros logo se aglomeraram em volta da porta e, em dúvida, perguntavam alguma coisa ao motorista.

Pedro continuava a ler seu livro. Entendia perfeitamente o que lia — era simples, ou tinha sido simplificado com habilidade. Mas nem por isso deixava de perceber que o ônibus estava parado já fazia algum tempo e que o rumor das vozes lá na frente soava duro, áspero. Só parou de ler quando um homem no penúltimo banco, depois de lançar para a frente um palavrão, gritou que não podiam ficar ali a vida toda, que quem tivesse algum problema podia descer e que só depois que chegassem lá eles iam ver como era e como não era, e pronto — não tem o que ficar discutindo.

Pelo menos foi isso o que Pedro entendeu. O sujeito tinha o cabelo raspado, a cabeça grande e, quando brandiu a mão no ar, a pulseira de metal do relógio, um pouco frouxa, faiscou e sacudiu em volta do pulso. Uma mulher sentada ali perto também ergueu a voz em sua boca grande, com a língua meio rosada palpitando lá dentro. Disse que tinha pagado a passagem e queria ir até o fim, de um jeito ou de outro, senão eles tinham de devolver seu dinheiro agora mesmo.

Com isso, lá na frente, as pessoas pareceram se decidir. Subiram às pressas, amontoaram-se na roleta, que logo começou a estalar a cada quarto de volta, enquanto o motorista respondia a uma ou outra pergunta com movimentos vagos das mãos e da cabeça. Um ou dois passageiros ainda fizeram alguma piada e riram para ele, que no entanto não riu em resposta. No espelho retrovisor acima do para-brisa, Pedro podia ver quase metade da cara do motorista: os olhos rápidos, desconfiados, tentavam tomar pé da situação, dentro do ônibus e fora também.

Porque lá fora, espremidas na calçada estreita entre o meio-fio e a grade do estacionamento de um supermercado, dezenas de pessoas esticavam o pescoço na direção da rua, para o lado de onde vinham os carros, cada uma delas à procura da aproximação do seu ônibus, todas preparadas para correr na direção da porta de embarque assim que pudessem calcular em que altura da calçada o motorista ia encostar e parar. Mas não havia só isso no movimento alarmado daquelas cabeças. Não era só um esforço de atenção e cálculo que franzia a pele da testa, que endurecia o olhar.

O mesmo nervosismo anunciado no ponto final parecia vibrar também ali, nas pessoas e até no ar em volta. De uma forma inexplicável para Pedro, os mesmos nervos pareciam ter se esticado até bem longe e chegado também ali, através do túnel e das ruas. Os nervos pareciam se ramificar para além da grade, atravessar a área do estacionamento, passar por baixo dos grandes cartazes com os algarismos que indicavam os preços das promoções e alcançar os corredores do supermercado — corredores que Pedro nem podia ver, da sua janela, mas que estavam lá dentro, ele sabia: os produtos arrumados aos milhares nas prateleiras compridas e bem iluminadas.

Alguns ônibus encostavam no ponto e logo partiam, mas, vindo por fora, outros ônibus ainda tentavam com dificuldade encontrar um espaço livre para se aproximar da calçada, estacionar e também pegar seus passageiros. A demora do ônibus de Pedro em deixar o ponto estava irritando os outros motoristas, que começavam a reclamar. Abriam a porta da frente para protestar. Um deles, em vez de falar, pôs o braço para fora da janela e deu murros na lataria. Um outro piscou o farol várias vezes, fez o motor rugir bem alto, em ponto morto. O cano de descarga estava perto da janela de Pedro, que recuou a cabeça por causa das baforadas de cheiro ácido e parou a leitura.

Darwin, num de seus passeios por aquela mesma região, havia observado e registrado como algo memorável um combate entre uma vespa e uma aranha. Havia muitas matas desabitadas na cidade, naquela época. Darwin anotou o fato em seu diário, poucas linhas depois de ter comentado o agradável efeito visual dos numerosos blocos de rocha nua que se erguem arredondados de dentro da mata ou do mar e alcançam até centenas de metros de altura. Naquela página do livro, a criança deixou um risco tremido, talvez uma tentativa de imitar a letra B. Ficou bem claro, para Pedro, nessa passagem, como até o passeio, até o lazer do cientista supunha seu trabalho ininterrupto: o mundo tinha de se dobrar, tinha de tomar a forma da sua atenção. E quanto mais atenção, mais mundo existia para ele: mais mundo pertencia a ele.

Uma vespa — *Pepsis* — mergulhou no ar na direção de uma aranha — *Lycosa* — e alçou voo outra vez. Foi tão rápido que ninguém teria certeza do ataque se a aranha não tivesse cambaleado em sua fuga e rolado numa pequena depressão de barro encharcado. Peluda, maior do que a vespa, a *Lycosa* remexeu em várias direções as oito patas articuladas, até conseguir virar-se outra vez sobre o abdômen. Ainda teve forças de se arrastar para baixo de umas plantas rasteiras, onde sem dúvida pretendia se esconder. A *Pepsis* voltou depressa, sobrevoou o local, surpreendeu-se de não encontrar mais a aranha. Darwin descreveu assim: "Teve início uma caçada tão sistemática quanto a de um cão que persegue uma raposa".

A vespa voava em círculos rasantes, asas e antenas zuniam. Enfim, descoberta a aranha, a vespa cuidou de evitar o perigo de suas mandíbulas e soube manobrar o voo com agilidade para ferroar — uma vez, duas vezes — a parte inferior do tórax de sua presa. Em seguida, apalpou com cuidado o corpo da *Lycosa* para se certificar de que ela estava imóvel e se preparou para transportá-la. *Para onde?* — pensou Pedro. *Vespas comem aranhas? De que modo? Uma vespa sozinha? E o veneno?* Tudo o que soube, ao fim da página, ao fim da história, é que Darwin capturou "o tirano e a vítima" e os levou embora, para si, para seu país. Cento e setenta anos depois, lida num ônibus, parecia que era essa toda a moral da fábula.

O motorista, com esforço, girou o volante para a esquerda, até o fim, até parar de rodar. Pôs o ônibus em movimento, afastou-o da calçada onde ficava o ponto, depois virou o volante para a direita. Assim conseguiu contornar a ponta de um ônibus parado na sua frente com a traseira muito enviesada na direção da rua, o que estreitava a passagem e atravancava o trânsito mais ainda. Pela janela, um motorista deu um último grito para o motorista do ônibus de Pedro. "Olha que vão tacar fogo" — foi o que Pedro conseguiu ouvir, pois nesse instante o motor acelerou mais forte e impeliu o ônibus para a frente e para fora da confusão do ponto.

Os passageiros em pé dentro do ônibus ocupavam agora toda a extensão do corredor, em duas fileiras — uma de costas para a outra. Só duas pessoas sentadas se ofereceram para segurar bolsas, pacotes e mochilas dos que não tinham onde sentar. Pedro foi um desses passageiros e um rapaz de uns dezenove anos pôs sobre os seus joelhos uma pesada mochila de pano um pouco esfiapado, enfeitada com uma longa correntinha feita de tampinhas de latas de cerveja ou de refrigerante entrelaçadas. Sobre essa mochila, uma mulher pôs ainda uma bolsa de plástico que continha um aparelho de telefone usado, envolto num emaranhado de fios sujos, poeirentos. Pedro reabriu seu livro por cima de tudo isso, para continuar a ler.

Ao contrário dos outros passageiros e apesar de estar cansado, ele não tinha pressa. Não tinha hora para chegar. Não ia para sua casa — se bem que ia para dormir e para ficar lá um dia ou dois. Já era um hábito. Sem notar, ele se adaptara também, e de maneira tão fácil que agora Pedro teria de fazer um certo esforço para lembrar como aquilo havia começado. Sexta-feira à noite e sábado. Muitas vezes, ficava até domingo na casa de Rosane — ou melhor, na casa do pai de Rosane.

Ela às vezes chegava do trabalho depois de Pedro e então iam os dois juntos ao supermercado, a quase um quilômetro da casa. Puxavam pela rua um carrinho de compras feito de arame de alumínio, com duas rodas meio bambas que um dia haviam soltado e que Pedro prendera de novo no lugar: enfiou um prego em cada extremidade do eixo e, com um alicate, dobrou para trás a ponta fina dos dois pregos.

Mas às vezes, antes de caminharem juntos para o mercado, Rosane ainda ia assistir a pelo menos uma ou duas aulas na escola noturna. Pedro se habituara a dormir tarde, na sexta-feira, se habituara a esperar sua vez ao lado de Rosane na longa fila da caixa do supermercado e a pagar as compras na hora em que as portas de aço já estavam abaixadas para ninguém mais entrar. Agora mesmo, ali sentado no ônibus, tinha a postos no bolso seu cartão do banco para ser usado mais tarde.

"Já faz uns seis anos" — ouviu a voz de alguém. "Eu nunca mais vou esquecer..." Pedro ouviu uma voz de mulher, oculta atrás dos passageiros em pé. O motor do ônibus roncava, placas e peças frouxas chacoalhavam com força nos trancos das rodas ao passarem nos buracos da pista, e era tão grande o barulho à sua volta que Pedro só conseguia ouvir e entender quando alguém falava muito alto, ou muito perto, ou quando o ônibus estava parado. Não que falassem muito, nem que ele fizesse força para ouvir, muito menos para entender. Mesmo assim, mesmo sem querer, ainda ouviu: "De manhã, quando saí, estava tudo tranquilo...". E também: "O celular não pega, já tentei. Vai ver tacaram fogo naquelas antenas de novo".

Duas ferroadas, dois golpes certeiros no tórax da aranha — a grande habilidade da vespa. Não era a mesma coisa, nem de longe. Não havia a mínima chance de comparação. Mesmo assim, a memória não levava isso em conta e bastou somar a palavra *tórax* à expressão *duas ferroadas* para Pedro se ver de novo naquele dia, na hora em que se levantava da calçada — ali onde havia caído por causa da vidraça da vitrine que explodiu nas suas costas.

Queria levantar-se depressa e correr para o canto da rua, queria ficar encostado às portas de aço das lojas, como estavam as outras pessoas. Queria olhar para trás, na ânsia de saber o que tinha acontecido com os outros livros, mais de trinta, que ele tinha levado para vender na calçada e que na verdade nem eram seus. Teria de pagar por todos, cada um deles — mas como, com que dinheiro? Ia ter de pedir à mãe outra vez? E ela teria como pagar?

Mal havia levantado — e alguns caquinhos de vidro ainda rolavam dos seus ombros e das suas costas —, quando o tórax de ferro de um cavalo surgiu de surpresa, apareceu do nada, bem na sua cara. O pelo ruivo, curto, o brilho do suor, o calor e o pelo quase fumegante no peito do animal, a pele esticada pela pressão dos músculos por dentro — o coração do cavalo quase palpável. O tórax apareceu de repente a um palmo dos olhos de Pedro e ocupou quase todo seu campo de visão, no instante em que ele começava a se virar para fugir.

Ainda teve tempo de entender que, em volta, voavam pedras arrancadas da calçada. Ainda percebeu que do alto caíam uns arcos de ferro retirados dos canteiros de plantas e reconheceu o cheiro ardido de pólvora logo depois do estampido de um rojão a uns cinco metros dali. Ainda teve tempo de ver que o policial de máscara e capacete, sobre o cavalo, havia erguido o grande escudo de plástico transparente no braço dobrado para se proteger das pedradas. Então veio o impacto contra o ombro de Pedro. Logo depois outro impacto, contra o peito, que atirou Pedro para o alto, para trás e depois para o chão.

A calçada, as portas de aço das lojas, os galhos das árvores, as janelas dos prédios, a faixa comprida de céu no alto — tudo em conjunto girou em torno de Pedro, e girou mais uma vez. A rua inteira se transformou numa bola de vidro que rolou e Pedro estava preso dentro da bola. Por um momento, não soube se estava deitado, sentado ou agachado, perdeu o domínio até do movimento dos olhos, que batiam e rebatiam em tudo. O alerta, a dor propriamente dita, só veio quando o cavalo — o mesmo cavalo, com os dentes à mostra e a gengiva roxa, brilhante — arremeteu num curto galope contra as pessoas revoltadas e, de passagem, pisoteou a parte de baixo da perna de Pedro. A ponta do casco entrou fundo no tornozelo e continuou a descer, a apertar, enquanto o cavalo procurava o apoio do chão, da pedra, apenas para tomar impulso e seguir adiante.

Várias pessoas que, a exemplo de Pedro, vieram vender mercadorias na calçada tinham conseguido recolher uma parte de seus pertences, quando a polícia investiu na outra ponta da rua. Tiveram tempo de sair do caminho e agora se encostavam às paredes e às portas das lojas. Abraçadas a trouxas amarradas às pressas ou a sacolas grandes fechadas com zíper, misturavam-se a outras pessoas que estavam ali apenas de passagem quando a confusão teve início. Outros, adiante, na esquina, atiravam pedras contra os guardas e também lançavam frascos de vidro cheios de pregos enferrujados e até pequenas bombas feitas de garrafinhas cheias de gasolina, que já estavam preparadas e escondidas à espera do confronto. Muitas delas não explodiam.

Sem máscara, sem capacete, um guarda segurou Pedro por baixo dos braços e arrastou-o com esforço para o canto, para perto das lojas fechadas. A camisa do uniforme do guarda estava suada, tinha uma mancha de fogo no lado. A mão tremia enquanto ele falava pelo rádio. De sua boca voavam perdigotos e pingos de suor saltavam da testa por causa dos movimentos bruscos. "Levou um tiro", disse um homem careca, encostado à porta de ferro. "Ele vai morrer?", quis saber uma mulher meio gorda, com voz aguda.

Deitado no chão, ainda tonto, ainda com o tórax do cavalo aceso e vermelho na memória, diante dos olhos, Pedro tentou enxergar seu pé, mas não conseguiu. O ombro parecia estar deslocado, o osso mordia o tendão ao menor movimento da cabeça ou do tronco. Mesmo assim, Pedro avistou na calçada um fino risco de sangue que avançava muito devagar, se afastava. E decidiu que se tratava do seu próprio sangue.

Então era assim, pensou Pedro. Pronto, aí estava, era verdade, *aconteceu comigo*. Era assim que as pessoas se acidentavam ou eram agredidas e se feriam gravemente no meio da rua. Ficavam estiradas na calçada, diante dos olhos dos outros, numa cena memorável, que vai ser contada e recontada. Assim, como ele mesmo tinha visto tantas vezes — de longe, de passagem, com alguma indiferença, com desconfiança, até. Às vezes com certo desprezo: *isso, esse erro, não vai acontecer comigo*.

De fato, ainda era assim que ele se via, mesmo depois de ter acontecido. Porque, de algum modo, aquela mesma surpresa e até a dor no tornozelo — cujas contrações e formigamentos Pedro acompanhava com atenção — o separavam do que tinha acabado de acontecer. Já não era a indiferença, já não era o descaso, mas sim sua atenção, concentrada até as minúcias, que agora o mantinha afastado, separado do resto.

Dentro da ambulância que o levou, preso com firmeza sobre a maca gelada, Pedro conseguiu virar um pouco a cabeça e os olhos na direção da janela. Olhou através de um espaço transparente ao lado da cruz vermelha pintada no vidro e pôde ver uma fumaça que subia com força, aos arrancos, em rolos grossos, num negror de cinzas. Sentiu o cheiro de óleo e de plástico queimados. Depois, num relance, num clarão repentino e alaranjado que quase ofuscou seus olhos enquanto a sirene da sua ambulância gemia para abrir caminho, viu uma viatura da Guarda Municipal com grades nas janelas completamente tomada pelas chamas por dentro.

Agora, a essa altura da sua viagem, sentado no ônibus com o livro aberto na mão, Pedro já começava a adivinhar do que os passageiros estavam falando — a que se referiam aqueles pedaços de conversa, aquele tom alarmado. Era nada menos do que o óbvio e mesmo assim ele só adivinhava a contragosto. Preferia não ouvir, preferia não saber e, para todos os efeitos, nem gostava de pensar no assunto. Só de trazer aquilo à mente já tinha a impressão de estar cometendo um erro, ou até de estar criando um problema ainda maior, ou pelo menos abrindo caminho para aquilo, para algo ainda pior. A lógica era simples: em troca de não ver, de não acreditar, de não tomar conhecimento, seria possível abolir aquelas coisas ou impedir que se passassem daquele jeito.

Além de tudo — e isso talvez fosse o que mais o incomodava —, Pedro tinha a impressão de que as pessoas, naqueles casos, a exemplo dos noticiários, sempre exageravam. Achava que elas gostavam demais de falar, deixavam-se levar por uma euforia perniciosa, instigadas pelo som da própria voz, pela batida forte das palavras. Para Pedro, beirava a maldade o modo como as pessoas não perdiam nenhuma chance de falar daquele jeito e de pôr mais força, mais ênfase. Ele tinha a impressão de que tudo o que elas dissessem, toda má notícia, precisava ser a maior, tinha de ter a primazia, só porque eram elas que falavam, e não os outros. Para elas, pouco importava que o problema e que aquelas histórias se transformassem num prazer e numa necessidade da qual, sem perceber, já não conseguiam abrir mão.

Só que o bairro de Rosane para onde Pedro estava indo dispensava exageros, não disputava a primazia de coisa nenhuma. E foi sem ênfase e aos poucos que Rosane, certo dia, contou para Pedro o que havia acontecido seis anos antes. Contou com certa vergonha, até com uma secura triste — tristeza e secura que Pedro, por alguma razão, sentiu mais marcadas por causa das linhas magras dos braços e dos ombros meio pontudos da moça.

Aquele desgosto já um pouco antigo, que às vezes tomava a forma de um torpor, pareceu concentrar-se e esticar-se ao longo dos ossos de Rosane. Enquanto ela falava, Pedro observava no canto do pulso fino uma pontinha de osso que se mexia por baixo da pele marrom ao menor movimento dos dedos. Os mesmos movimentos também faziam balançar de leve uma medalhinha presa a uma pulseira em formato de corrente.

Rosane morava no Tirol desde os dois anos de idade, naquela mesma casa. O aspecto da casa tinha sido melhor na sua infância — como também o aspecto das outras casas, das ruas em volta e de todo o resto, na lembrança de Rosane. O Tirol era um bairro construído inicialmente para alojar militares. As casas originais, de feições semelhantes, tinham todas o mesmo tamanho e ocupavam o centro de lotes idênticos. O traçado das ruas era monótono, mas às vezes elas desembocavam em praças redondas de chão de terra ou se desfaziam em terrenos livres sem nenhum propósito específico. Nessas ilhas, aglomerados de árvores antigas e de copas densas serviam para ventilar um pouco o rigor quadriculado das ruas e dos lotes.

Já não havia mais nenhum militar quando os pais de Rosane se mudaram para lá. Todos foram removidos de uma só vez, após uns dez ou doze anos de ocupação, e os lotes e as casas foram distribuídos pelo governo para quem se cadastrasse e satisfizesse os critérios previstos. O pai e a mãe de Rosane nunca tinham ouvido falar do Tirol. Moravam a quarenta quilômetros dali, trabalhavam como caseiros num sítio cujo dono só aparecia de dois em dois meses e não lhes pagava um salário fixo.

Nada possuíam, viviam à beira da penúria e, se não plantassem abóbora, aipim, bananas e criassem galinhas num canto das terras do sítio, teriam dificuldade até para comer. Ainda por cima tinham de esconder a maior parte do que colhiam, porque o dono, quando vinha, se julgava no direito de levar o que tivessem produzido. Aqueles legumes, frutas, aquelas galinhas eram, para o dono do sítio e sua família, uma espécie de farra adicional à diversão regular dos feriados e das folgas no trabalho.

Um dia, quando a mãe de Rosane estava no ponto do ônibus, um guarda lhe disse que estavam cadastrando candidatos a um lote no Tirol. O guarda costumava ficar por ali, às vezes conversava um pouco com ela, e lhe deu o endereço — o escritório de um deputado. Avisou que ela teria de chegar bem cedo porque ia ter muita gente. Eram centenas de lotes. O pai de Rosane desdenhou a novidade, já não acreditava naqueles cadastramentos, havia se inscrito outras vezes. Mas a mãe, por algum motivo, cismou, gostou do nome Tirol. Enfiou na cabeça que ia conseguir o lote. E a partir daí só falava disso.

No local de cadastramento a mulher que a ajudou a preencher a ficha disse que era melhor não pôr o nome do marido, declarar que era solteira, sozinha, com dois filhos, em vez de um só. Assim teria mais chance, explicou. A mãe de Rosane não hesitou e, em todos os muitos recadastramentos seguintes, continuou solteira, mãe de dois filhos. Quando sabia que o tal deputado ia estar em algum lugar, ela acordava mais cedo e caminhava três quilômetros para pegar o ônibus. Às vezes ficava sem almoçar, à espera da inauguração ou da cerimônia que houvesse, mas sempre dava um jeito de entregar uma fotocópia da sua última ficha de cadastramento para uma secretária do deputado. Não tinha carimbo, não tinha assinatura, não tinha nome de nenhum órgão público impresso na folha. Era só um papel escrito à mão. Porém, assim como ela, todos demonstravam acreditar naquele papel.

Rosane ouviu a mãe contar essa história muitas vezes, para muita gente. E a mãe tanto repetia, tanto se alegrava em descrever os detalhes, em narrar com minúcias as horas de espera em filas debaixo do sol, tanto martelava que ao ir lá só levava no bolso o dinheiro contado das passagens de ida e de volta e com tanta afeição falava do pão com manteiga conseguido certa vez de graça numa padaria e que a sustentou durante onze horas à espera de ser atendida — tanto repisou e insistiu, que não podia haver dúvida quanto ao seu desejo de pôr a conquista da casa e do lote no centro da vida de todos eles. E de fato era assim.

Quando o nome da mãe de Rosane saiu numa lista no jornal — o nome de solteira —, o marido foi até lá para ver o bairro pela primeira vez e ocupou a casa designada para a mulher.

Tinham medo de deixar a casa vazia, ainda que fosse só por um dia, porque havia rumores de invasões de lotes. No início ele dormiu no chão sujo de entulho e logo depois arranjou uma esteira. Improvisou reparos nas portas, nas janelas, no telhado, capinou o lote inteiro, já coberto pelo mato alto. Vizinhos lhe pagaram uns trocados para também capinar seus lotes e, mais tarde, para limpar ou fazer fossas novas.

Assim ele começou logo a ganhar algum dinheiro ali mesmo. Além disso, todo dia havia movimento de novos moradores que chegavam e ele teve a ideia de improvisar um salão de barbeiro na entrada do seu lote para atender aquela gente. Pôs uma cadeira debaixo de uma tenda feita com uma cortina de plástico das que se usam em chuveiro e que ele prendeu no muro. Pendurou um espelho num barbante, amolava a tesoura velha num caco de cerâmica e alinhava o cabelo do freguês com um pente de plástico vermelho, meio desdentado na parte mais grossa. No dia em que a mãe de Rosane veio afinal conhecer o Tirol e sua casa, a situação já era essa. Poucos dias depois, trouxe a filha pequena, algumas galinhas, e nunca mais voltaram para o sítio.

Agora o céu já começava a escurecer e o ônibus em que Pedro estava sentado e que levava as pessoas de volta para suas casas só havia chegado à metade da viagem. Pedro via o motorista espiar de vez em quando pelo reflexo do espelho — uns olhos muito rápidos, bem acesos, como que para vigiar os passageiros e não o movimento dos carros em volta. O nervosismo das pessoas só conseguia se expressar em frases e exclamações soltas, não se encadeava numa conversa.

O rapaz que deu a mochila para Pedro segurar no seu colo tentava sintonizar um radinho, a mão direita mexia no botão enquanto a esquerda segurava a barra de alumínio presa ao teto. Queria ouvir alguma notícia no rádio através dos fones de ouvido, mas acabou resmungando que não adiantava, o rádio pegava mal, e além do mais não iam mesmo falar nada do assunto. É sempre a mesma coisa, só vão falar uns dois, três dias depois — reclamou a dona da sacola onde havia um telefone e um bolo de fios sujos, a sacola que também estava no colo de Pedro. E mesmo assim, só se tiver morrido alguém. Da outra vez foi assim, continuou.

Por um segundo, voltou ao ouvido de Pedro a voz da locutora que tinha dado a cotação do dólar, do euro, os números da bolsa de valores de Nova York e Londres. Mas o ônibus parou num sinal fechado e um ônibus de outra linha, que vinha em sentido contrário, na pista vizinha, também parou na faixa. Os dois ficaram bem perto um do outro, os motoristas estavam quase ombro a ombro, quase janela com janela, um voltado para o leste o outro para o oeste. Só uma estreita calçada de terra e grama seca os separava. Parece que já não está passando ônibus por lá, está a maior confusão, disse o motorista da outra linha, com a cabeça e o cotovelo para fora. Olha aqui, falando sério, acho melhor desviar, fazer um contorno.

Alguns passageiros na parte da frente ouviram a conversa e logo se agitaram, reclamaram da ideia. Perceberam que o motorista tinha ficado preocupado, parecia disposto a desviar-se do itinerário. Embora eles também estivessem preocupados, insistiram que o motorista precisava ir até o fim e pelo trajeto normal. Aliás, era bom até andar mais depressa, porque já estava anoitecendo e, quanto mais escuro e quanto mais tarde pior seria.

O sinal abriu e o ônibus arrancou de um tranco. Em seu assento, Pedro tentou ler mais uma linha sobre Darwin, fingiu que acompanhava o sentido da frase até o fim. Mas na verdade sua atenção se deteve num rabisco trêmulo de criança, um risco a lápis em forma de espiral que atravessava com força as linhas impressas. Aconteceu que Pedro também começava a sentir-se alarmado, ali dentro do ônibus. Muitas palavras rodaram de repente no espaço estreito da sua cabeça.

Veio de relance a impressão de que estava sendo levado à força, em linha reta, para um poço cada vez mais fundo, para um corredor escuro que desembocava num tumulto, num caos de brutalidades. Sabia que precisava evitar a todo custo aquelas imagens drásticas, sabia que se aquilo tomasse impulso não ia parar mais. Tinha certeza absoluta de que não passava de um disparate, de uma fraqueza e de uma bobagem. Mas, como de outras vezes, sentiu também uma atração, uma sedução vaga, que o induzia não só a se deixar levar, mas até a encaminhar-se ele mesmo exatamente para lá — a sensação quase violenta de que pertencia àquilo, mais do que a qualquer outra coisa.

Foi uma visão rápida e que lhe deu repulsa. Um calor de vergonha correu na sua testa e ele tratou de rechaçar bem depressa aquelas ideias. De todo jeito, o fato concreto era que não podia mais sair do ônibus. Tinha de ir até o final, assim como muitos outros passageiros. Lembrou que Rosane também devia estar indo para lá, para o Tirol, naquele horário e pelo mesmo caminho, em outro ônibus.

No Tirol, agora — e foi Rosane que chamou a atenção de Pedro para isso, um dia —, não havia mais quase nenhuma árvore. O sol atacava direto as ruas poeirentas, onde o capim cinzento só crescia a custo nos cantos dos muros e das pedras. Com o tempo, para abrigar as famílias em expansão, as casas foram aumentadas e desdobradas de tal modo que não havia mais terreno livre em quase nenhum dos lotes. Várias construções ocuparam até a calçada, às vezes ainda chegavam um pouco além e, assim, o traçado de algumas ruas mudou. Elas ficaram mais estreitas, sinuosas.

Muitas casas foram subdivididas e revendidas, e também ampliadas para cima, à medida que chegava mais gente para morar. Muitas paredes tinham os tijolos à mostra. No aglomerado de construções novas, mal se podia distinguir as formas das casas originais, que no entanto continuavam lá, como que embutidas na alvenaria recente. As antigas tubulações de esgoto e as fossas de vinte anos antes já não davam vazão, os dejetos às vezes corriam em canaletas descobertas ou onde encontrassem passagem. A água limpa se arrastava sem pressão no ziguezague dos canos e conexões originais — em que eram comuns os vazamentos, as emendas e os desvios — e podia ficar dias inteiros sem alcançar as torneiras da casa de Rosane. Assim, para poder contar com uma reserva, havia bombas e caixas d'água extras em muitas casas.

Além de Rosane, agora moravam na casa o pai e uma tia diabética. A tia tomava pílulas para os nervos e para dormir, quando o posto médico lhe dava uma cartela. A mãe havia morrido alguns anos antes de Pedro visitar Rosane pela primeira vez e ele não a conhecera. A casa tinha ficado bem menor porque o pai, depois que a mãe morreu, dividiu o lote ao meio e vendeu metade da construção para uns parentes. Estes, mais tarde, revenderam a casa para uma família de fora, que depois a revendeu também.

Agora uma família desconhecida tinha vindo morar ali, formada por avó, mãe e duas adolescentes, cada uma com uma filha pequena. Nenhuma dessas mulheres tinha emprego, só conseguiam trabalho por tempo curto, distribuindo folhetos nos sinais de trânsito nos fins de semana, e muitas vezes catavam latinhas pelas ruas para revender. Já de noite, sentadas no chão ao ar livre ou na soleira da porta, amassavam centenas de latas com grande barulho. Colocavam a latinha de pé sobre um pedaço de tábua e batiam com um sarrafo grosso, duas, três vezes, com um estalo cortante, até achatar bem.

O barulho de cada golpe parecia atravessar a cabeça de Pedro. Vizinhos tão próximos, parede com parede, as duas famílias não se davam. E Rosane ia explicando tudo isso aos poucos para Pedro quando os dois ficavam sozinhos, juntos no sofá, diante da televisão, com o volume muito baixo porque o pai e a tia já dormiam atrás da parede fina.

Na época em que os lotes foram entregues e os moradores vieram instalar-se, o Tirol só tinha uma via de acesso. De um lado, o bairro era bloqueado pelas linhas do trem, cercadas por muros altos. Atrás, era isolado por uma vasta área de mata de brejo com mais de cinquenta quilômetros quadrados chamada Pantanal. Cercado por muros e arames antigos, vigiado por militares em guaritas de concreto e aço, todo o terreno do Pantanal pertencia ao exército. Tinha sido usado de forma sistemática durante décadas para treinamento de guerra, mas agora, com a população vizinha mais numerosa, havia o risco de acidentes e os militares só realizavam treinamentos leves e muito esporádicos.

Portanto no início o único acesso para o Tirol era através da Várzea — um bairro maior, mais populoso, mais antigo. Pobre também, mas ainda assim com certos recursos que o bairro novo não tinha. Ou seja, tinha um posto de gasolina, três farmácias, duas padarias e três escolas. O ônibus fazia ponto final ali. Não havia outro jeito: para entrar e sair do Tirol era preciso cruzar a Várzea quase de ponta a ponta.

A imagem daquela gente que de uma hora para outra começou a percorrer as ruas com suas mobílias e seus pertences — gente que parecia vir às pressas e em fuga, e todos ao mesmo tempo —, a presença à força de pessoas que eles não chamaram, não conheciam, não queriam ali — acabou formando nos moradores da Várzea a ideia de que aquela gente vinha para prejudicar, vinha para desvalorizar a vizinhança de algum jeito, para degradar o bairro todo. Ou, quem sabe, até coisa pior.

Meses seguidos, dia após dia, eles viam passar aquelas pessoas diante da porta de suas casas — a pé, empurrando carrinhos de mão, em bicicletas, em caminhonetes fretadas ou mesmo em automóveis velhos. Sabiam que aquilo ia se repetir no dia seguinte e depois, e que ia até aumentar com o tempo. Entendiam também que elas tinham ganhado lotes e casas de graça do governo, que simplesmente assinaram um papel e pegaram uma terra, uma casa — com canos, fios e tudo o mais instalado. Tudo isso se acumulou com rapidez, sob a pressão dos rancores mais diversos, e se concentrou numa irritação, numa hostilidade cerrada, ferida, numa sanha de todo dia e que a todo custo tinha de procurar um jeito de se expressar. Primeiro foram os olhares de lado, de cara fechada. Depois as provocações a distância, as janelas partidas com pedradas, no escuro. E logo começaram, aqui e ali, as pancadarias, as brigas por qualquer motivo.

Um canal no meio de uma rua de duas pistas, em tudo igual a várias outras ruas e a vários outros canais, se transformou na fronteira entre o Tirol e a Várzea. Assim ficou estabelecido, de uma hora para outra. Ninguém sabia dizer quem foi que decidiu, nem como, por força de que lei. Mas todos logo passaram a acreditar que aquela faixa de terra tinha um efeito muito grave sobre quem morava à esquerda ou à direita do canal.

Mesmo com tudo isso na cabeça e com as páginas do livro bem seguras entre os dedos das mãos, por causa do vento que entrava pela janela aberta do ônibus e às vezes empurrava as folhas de papel, Pedro conseguiu se concentrar na leitura outra vez, ainda que só por algumas linhas. O motivo foi o nome em letra maiúscula, o nome de um lugar conhecido e até familiar, que de repente surgiu inscrito naquele parágrafo e que soou quase como um estalo em sua testa. Era um lugar próximo, situado a uns quarenta quilômetros de onde o ônibus estava agora. Darwin em pessoa tinha passado por lá, dizia o autor do livro — e tinha caminhado bastante. Hospedou-se em uma fazenda enorme.

Darwin contou em suas memórias que, certo dia, saiu para passear pela fazenda uma hora antes de o sol nascer. Admirado com a paisagem, pisava de leve a fim de não perturbar o silêncio geral — sempre com o olhar atento aos insetos, às plantas, até aos liquens mais rarefeitos. Então, de surpresa, ouviu ao longe, trazido pelo vento, o hino que os escravos entoavam em coro todas as manhãs antes de começar a trabalhar.

O contracanto se desdobrava em duas vozes, ia e voltava numa escala pentatônica, enquanto lá no fundo uma faixa rosada se dilatava no céu, rente ao chão. O canto soou agradável demais, Darwin julgou que os escravos eram muito felizes em fazendas como aquela. Afinal, podiam trabalhar para si no sábado e no domingo e, naquele clima abençoado, dois dias de trabalho por semana pareciam ao jovem cientista inglês mais do que suficientes para sustentar um homem e sua família.

Ao virar a página, porém, Pedro acompanhou a consternação do viajante ao relatar um episódio presenciado na mesma fazenda: "coisas que só acontecem num país onde reina a escravidão", supôs Darwin. O proprietário das terras, por causa de umas dívidas cobradas na justiça, resolveu separar os escravos homens de suas esposas e filhos para vendê-los em praça pública. Na última hora não o fez, mas apenas por razões econômicas. Darwin, com espanto e também com certa curiosidade, garantia que nem de longe passou pela cabeça do fazendeiro que seria uma crueldade separar famílias unidas havia muitos anos. Aliás, por seu caráter bondoso e humano, tratava-se justamente de um homem superior a muitos outros, na opinião do viajante.

Pedro lembrou-se do lugar a que o livro se referia, o lugar onde ficava a tal fazenda silenciosa em que os escravos cantavam de manhã. Era agora uma aglomeração de casas pobres que se derramavam desde a metade de uns morros áridos e quase sem vegetação até as margens de uma estrada de tráfego intenso. Carros, caminhões e ônibus passavam em alta velocidade sobre o asfalto, em duas mãos, em duas pistas separadas por um canteiro de capim seco, enquanto algumas construções precárias se amontoavam até quase a beira do acostamento — casebres às vezes espetados no alto de pequenos barrancos de argila.

Pedro lembrou que, nas vezes em que passou por ali e observou a paisagem ao longe, através da janela do ônibus em que viajava, teve a impressão de que tudo estava adormecido, encoberto por um torpor — dentro e fora das casas. As antenas de tevê e os fios bambos nos postes pareciam também desativados, sem carga. O aspecto, no conjunto, era de um cenário oco, sem nada por trás.

Mas não podia ser verdade e, já que não via ninguém por ali, Pedro escolhia uma casa e nela fixava o olhar. Tentava imaginar como eram os moradores e em que trabalhavam. Porém o ônibus avançava em velocidade, a estrada traçava uma curva comprida e a casa escolhida por ele ficava para trás aos poucos. Por fim sumia, antes que Pedro conseguisse formar qualquer ideia.

Fechou o livro agora, pôs a mão bem em cima da cara de Darwin e virou a sua cara para a janela do ônibus, a fim de aproveitar o vento seco, brusco, que subiu de uma curta arrancada do ônibus. Curta porque o motorista logo seria obrigado a frear num novo engarrafamento que viria logo adiante. Sobrancelhas franzidas, olhos meio fechados contra as batidas do ar, Pedro viu uma motocicleta passar zunindo rente ao ônibus, bem embaixo da sua janela, rompendo o início do engarrafamento. Logo depois, outra motocicleta, com um motor de timbre mais grave, um zumbido mais rouco e mais estalado. A vespa e a aranha — o tirano e a vítima — *Pepsis* e *Lycosa*.

Pedro olhou para a capa do livro: um achado muito pessoal, não havia dúvida, um objeto ligado a ele por um laço bem particular. Mesmo assim, Pedro o deixara na bancada de sua livraria, misturado aos outros livros para ser vendido. Foi uma distração, talvez, e se um cliente não tivesse pegado o livro e feito o comentário... O ônibus sacudiu quando as rodas passaram por um buraco mais fundo, todos pularam nos bancos mais uma vez e se agarraram aos tubos de alumínio. A velha dor em forma de tesoura que abre e fecha por dentro do tornozelo atacou de novo e fez Pedro mexer um pouco a perna esquerda para um lado e para o outro, a fim de ajeitar melhor o pé sobre o chão, na tentativa de encontrar alívio.

Aquela vez em que o cavalo o pisoteou foi sua última tentativa de vender livros na calçada. Tinham dito a ele que era fácil, muita gente estava entrando nos negócios por esse caminho — disseram e repetiram, os negócios, o dinheiro, e ele mesmo viu na televisão a entrevista de um sociólogo que falou sobre o espírito empreendedor represado naqueles vendedores de calçada. Parecia fácil, parecia certo, até bonito — ou então Pedro não prestou atenção às ressalvas.

De um jeito ou de outro, já no hospital, depois de aguardar as seis horas em jejum exigidas pelo médico que ia fazer a cirurgia, e depois de mais três horas simplesmente à espera de uma vaga no centro cirúrgico — a todo momento tomado de assalto por casos de emergência: acidentados do trânsito, baleados, esfaqueados —, ali mesmo no hospital, a questão para Pedro ficou resolvida, e de uma vez por todas. Quando viraram seu corpo de lado, quase nu, sobre a gelada mesa de cirurgia, para o enfermeiro aplicar a injeção de anestésico na raiz da sua espinha, Pedro já tivera tempo de sobra para pensar e decidir: teria de inventar um outro jeito de ganhar dinheiro.

Aquela não foi uma boa ideia — bem que sua mãe tinha avisado. Mas ele já não sabia o que tentar e já andava envergonhado de viver à custa da mãe, com quem morava num apartamento de dois quartos, com sessenta metros quadrados, num prédio antigo, sem elevador, sem garagem, e onde na verdade muito poucos moradores tinham carro. Era um apartamento próprio que a mãe herdara do marido, um funcionário da justiça que ao morrer por causa da diabete também lhe deixara uma pensão. Por coisas desse tipo — por seu filho não ser, por exemplo, um criminoso ou um dependente de drogas que brigava aos berros com a mãe quase todo dia, como acontecia num apartamento vizinho — ela se julgava uma pessoa de sorte.

Na verdade a mãe de Pedro era de índole alegre, acordava e saía da cama quase de um pulo todas as manhãs, ainda bem cedo. Meio gorda e barriguda, ela muitas vezes se movia também quase aos saltos, gostava de cozinhar para o filho, tinha prazer de cuidar da sua roupa, de arrumar seu quarto. Havia trabalhado fora de casa por um breve tempo. Mas o salário era muito baixo, o marido não a incentivava, o filho nasceu e ela deixou o emprego. Esperava que o filho fosse advogado, esperava que ganhasse mais dinheiro do que o pai havia conseguido. Mas não chegou a manifestar muita decepção quando Pedro abandonou a faculdade gratuita depois de ficar matriculado quase seis anos.

Ele bem que tentava estudar e acompanhar as aulas, bem que pensava em fazer os trabalhos pedidos pelos professores para conseguir as notas necessárias. No geral, gostava do ambiente, dos colegas, da lanchonete, do bar que ficava em frente à faculdade, do outro lado da rua. Gostava até de dois ou três professores mais bem-humorados. Só que Pedro se distraía com as datas, com os prazos, com o horário das provas, se distraía com os conceitos e as teorias do direito e, no máximo, conseguia guardar um punhado de palavras-chave e algumas frases feitas e se admirava quando via que, usadas por ele, não faziam sentido e não produziam efeito nenhum. Os semestres chegavam ao fim de repente, sem aviso, e ele até se espantava ao ver que não avançava no curso, que tinha de repetir as mesmas matérias, uma, duas, três vezes. Em certas horas, sentia-se um burro, achava que os colegas e os professores o viam como um incapaz e isso o deixava ainda mais atrapalhado.

Na biblioteca de paredes altas e mofadas do prédio quase centenário da faculdade, Pedro tentava ler os livros e os capítulos pedidos pelos professores. Mas sua atenção morria sem fôlego no amontoado de palavras estranhas, alheias. Adormecia nas marteladas sem ritmo de frases cada vez mais distantes. Os títulos e subtítulos começaram a soar estridentes, hostis, como uns latidos. Seus olhos se desviavam espontaneamente para as imensas árvores de mais de cem anos no parque em frente, emolduradas pelas janelas muito altas. Ele se demorava ali à toa num torpor, observando a folhagem densa, a profusão dos galhos, a leve transformação das cores e das sombras à medida que o sol baixava.

Seguro à mesa de cirurgia (com uma força que lhe pareceu exagerada) por dois enfermeiros corpulentos — na certa acostumados a lidar com bêbados ou malucos de todo tipo, que chegavam ali acidentados ou agredidos —, Pedro viu de repente o rosto muito jovem e muito fresco de uma mulher debruçar-se a um palmo do seu nariz. Envolto na máscara e na touca brancas, só a faixa dos olhos estava descoberta, na verdade. Através da máscara cirúrgica, a boca lhe disse num sopro, num hálito amigo, numa voz que ele gostaria de ouvir a vida toda, para sempre: *Tudo bem, senhor Pedro? Agora, conte até dez, bem devagar.* Ele contou, com a fé mais pura, com a maciça confiança de que era para o seu bem e sem o menor receio do que aconteceria quando chegasse ao número dez. Mas ao alcançar o seis, sob o violento clarão de uma colmeia de luzes pendurada no teto, Pedro não encontrou mais voz nem números e perdeu de todo a consciência.

Gostaria de ter podido contar até dez, quando o cavalo o atropelou. Gostaria de ter contado pelo menos até seis, quando o casco ferrado esmagou seu tornozelo na calçada.

O negócio com livros usados tinha sido sugestão do Júlio,

um amigo — um colega de faculdade muito estudioso. Ele e Pedro entraram no curso no mesmo ano e, quando Pedro abandonou as aulas de uma vez por todas, Júlio já estava formado e trabalhava numa firma de advocacia bastante próspera, onde havia estagiado graças à indicação de um parente.

Durante o curso, Júlio fazia o possível para incentivar o amigo, pressionava para estudarem juntos antes das provas, socorria Pedro com autênticas aulas particulares, tentava até dar cola para ele durante as provas, ou pelo menos tentava ensiná-lo a colar direito. No fundo, e de um modo até surpreendente para quem visse de fora, Júlio considerava Pedro mais inteligente do que ele e chegava a se irritar com o desinteresse do colega pelas formalidades mais triviais do curso.

Júlio tinha uma cara grande, risonha, redonda, uma expressão amistosa em que não se percebia quase nenhum ângulo de osso. O tronco encorpado, largo, recheava com fartura os ternos que ele passou a vestir todos os dias, com muita naturalidade, assim que se formou e começou a trabalhar na firma de advocacia. Foi nessa mesma firma, poucos anos depois, que Pedro conheceu Rosane. Era copeira, fazia faxina, mas também atendia telefones, ficava na recepção e, quando pediam, fazia até alguns serviços no computador, pois tinha frequentado um curso gratuito e sabia mexer nos principais programas.

Pedro não tinha ternos. Por economia, só vestia roupas compradas na calçada, em feirinhas de rua e em camelôs. Eram sinais que Rosane logo identificava e entendia prontamente. Havia aprendido desde criança essa linguagem. Na verdade, quase tudo, tanto os objetos quanto as pessoas, se traduzia nos termos desse idioma — quem comprava o que e por quanto — e Rosane nem tentava imaginar como seria possível viver fora dele. Por outro lado, notou que Júlio e Pedro se tratavam como iguais — e até mais do que iguais. Isso não era comum, sobretudo em pessoas que à primeira vista traziam marcas tão diferentes e mesmo opostas. Assim, logo de saída ela ficou curiosa.

    Quando entrava no escritório do Júlio para servir o café, Rosane se demorava um pouco mais, prestava atenção no que os dois conversavam. Pedro, ao contrário de Júlio, falava pouco e baixo. Em compensação olhava — olhava muito —, olhava sem parar. Olhava uma vez e olhava de novo. Rosane tinha a impressão de que ele estava fazendo uma lista na cabeça, tentava arrumar numa ordem as coisas que via, mas não ficava satisfeito. Pedro queria alguma coisa, sem saber o que era. Procurava, sem saber o que estava procurando. Era diferente e Rosane não se lembrava de ter visto uma pessoa assim. Foi ficando curiosa, queria saber o que era aquilo. Pedro, numa reação fora do comum, não se intimidou com a curiosidade dela, e os dois começaram a sair juntos depois do expediente.

    Ele logo a levou para um hotel muito barato, num sobrado velho, onde puderam ficar sozinhos num quarto durante uma hora. Os degraus da estreita escada de madeira, onde só subia uma pessoa de cada vez — ela na frente, ele atrás —, estavam gastos, abaulados no meio, e com borrões de gordura. As paredes do quarto tinham manchas de bolor e o ventilador no teto trepidava meio frouxo ao rodar. Pelo jeito de Pedro, por seus olhares ao redor e por suas perguntas ao recepcionista, no térreo, Rosane percebeu que ele nunca tinha estado lá. Portanto, raciocinou ela, alguém havia sugerido o lugar, e não podia ser o Júlio — ele usaria outro tipo de hotel, mais caro.

    Tempos depois, Rosane soube que o hotel era comentado pelos estudantes, ainda no tempo em que Pedro cursava a faculdade. Ele continuava agora a morar com a mãe, como na época da faculdade, e na sua pressa, naquela emergência, foi o único lugar que veio à sua lembrança. Nunca passava por ali, nem sabia se o prédio ainda existia, chegou a temer que o tivessem demolido. No fim, achou que foi uma sorte especial, e também um bom sinal para eles, o hotel ainda estar funcionando.

Naquela altura, já fazia meses que ele não ficava com uma mulher — nenhum contato físico. Por que, ele não sabia. Já estava virando um problema a mais, como se não bastassem os outros. Quando Rosane apareceu, segura de si e à vontade, Pedro nem percebeu que era a mulher mais pobre com quem havia saído. Só mais tarde, com surpresa, e já com uma certa preocupação, ele se deu conta. E se deu conta de que aquilo a deixava mais vulnerável, mais frágil, a despeito de toda sua segurança e desembaraço.

Entre os detalhes de Rosane que ele começou examinar naquela ocasião, por algum motivo Pedro se concentrou no cheiro. Era uma mistura de aromas que ele não conhecia. Um cheiro meio apagado, suave, mas constante, e que fazia certa pressão sobre ele. Não vinha de uma loção, de um xampu. Pedro cismou: parecia vir de alguma outra coisa — quem sabe vinha da infância, pensou ele, do lugar onde Rosane tinha crescido. Pedro inventava explicações e de repente se concentrou na boca, nos dentes, lá no fundo, nos dentes de trás. E a partir dos dentes Pedro deteve a atenção nos ossos compridos de Rosane e em como ela era toda magra.

Na situação em que estava, a carência de Pedro tomou o aspecto de um entusiasmo. Rosane, por sua vez, não viu perigo — quer dizer, ele não podia ser um tarado, um ladrão ou um espancador de mulheres. Além disso, ela não se julgava tão indefesa — ao contrário. A partir daí foi levada por um interesse de muitas faces.

Rosane gostava de sexo, gostava daquele calor, daquela entrega. Desde bem nova, não via nisso nenhuma complicação. Ao contrário, era antes uma diversão e não se misturava com nenhum tipo de carência — as carências para ela eram bem mais definidas e concretas. No entanto logo de saída ela teve de notar que nunca havia transado com um homem que tivesse cursado uma faculdade, e uma faculdade pública, um homem que tivesse um amigo advogado — e um advogado, ao que parecia, a caminho de ganhar muito dinheiro, a exemplo do patrão. Nunca havia transado com um homem que morasse num bairro como aquele onde Pedro morava, um bairro, aliás, aonde ela nunca tinha ido — e ainda por cima num apartamento próprio, embora fosse da mãe.

Depois do hotel, no ponto, à espera do ônibus para voltar para casa, Rosane contou meio rindo que, por causa dele, tinha perdido a aula de inglês daquele fim de tarde. Havia conseguido uma bolsa de setenta e cinco por cento num curso de férias com a ajuda do Júlio, de umas cartas escritas por ele, e estava pagando com bastante esforço os vinte e cinco por cento restantes. E com o mesmo esforço estudava para tirar as notas mínimas exigidas para uma bolsista. Ainda atenta aos ônibus que se aproximavam pela rua — para não perder o seu —, ela abriu a bolsa e mostrou a fotocópia do livro do curso de inglês, com as folhas presas numa espiral e encapadas de azul.

Pedro disse que ia tentar arranjar algum material didático para ela entre os livros de segunda mão da sua livraria. Contou que também sabia um pouco de inglês: na adolescência, tinha feito os cinco anos de um curso particular pago pela mãe. Lembrou e até disse para Rosane que a mãe também havia conseguido uma bolsa — mas não sabia de quantos por cento.

Só por um instante, com surpresa, sentiu-se ligeiramente culpado diante de Rosane. Talvez por não saber tanto inglês quanto devia, depois de ter aula durante cinco anos. Talvez por não saber de quantos por cento era o desconto e haver nisso um certo descaso pelos esforços da mãe. E assim achou também que sua culpa era em relação à mãe, de quem por um momento, naquela situação, se lembrou meio constrangido.

Sentado junto à janela do ônibus, com a bolsa da mulher e a mochila do rapaz no colo, ambas acomodadas embaixo do livro sobre Darwin, Pedro via lá fora as pequenas luzes vermelhas que se arrastavam em filas desalinhadas até perder de vista. Os carros e os ônibus tolhidos num engarrafamento já haviam acendido as lanternas traseiras, apesar de ainda não ser noite propriamente. Ele observava como as lâmpadas, num ritmo entorpecedor, brilhavam mais fortes, mais vermelhas por um momento, numa espécie de sincronia toda vez que os motoristas punham o pé no freio — o que agora acontecia a todo momento, numa sequência que começava ao longe, prosseguia até chegar aonde Pedro estava e passava para os veículos que vinham atrás.

Alguns passageiros que tinham dormido desde o início da viagem já estavam acordados — como o rapaz de boné no banco na frente de Pedro. O rapaz não conseguia conter um ou outro bocejo, enquanto conversava com a mulher ao seu lado — de uns quarenta e cinco anos e com uma verruga grande e peluda logo abaixo da orelha. Contava que, anos antes, os invasores tinham erguido uma barricada bem na entrada da sua rua, com pneus em chamas, latões de lixo e um carro virado. Na verdade, era um beco, um corredor que se estendia por uns vinte metros entre duas fileiras de portas e janelinhas — as casas apoiadas umas nas outras. Assim, naquela hora, ninguém podia entrar nem sair da rua.

Ao voltar da escola já no início da noite, o rapaz chegou até uns trinta metros da sua rua, viu aquela fumaceira preta que se esticava para o alto, viu as contorções do fogo, avermelhado no meio e amarelo nas beiradas, olhou bem para as chamas, que se abriam e se fechavam no ar, enquanto sentia as ondas de calor baterem forte na sua cara, mesmo àquela distância. Depois de ficar alguns minutos olhando e olhando, sem saber o que fazer, ouviu uns tiros avulsos por trás da barricada e das chamas e depois outros tiros, estampidos mais graves, mais afobados. Teve de pegar outro ônibus e passar a noite na casa de um tio, noutro bairro, longe dali. Sem saber onde andariam a avó e o irmão, ele nem conseguiu dormir direito naquela noite.

Pedro ouviu tudo isso enquanto o ônibus andava e freava, em arrancadas curtas, bruscas. O freio às vezes guinchava por baixo do chão. Todos se sacudiam para a frente e para trás. O motor cortava os pensamentos com roncos irritados. Um ônibus passou lentamente em sentido contrário. Através das janelas, os rostos tanto de quem estava sentado como dos que viajavam em pé olharam para os passageiros do ônibus de Pedro. Havia neles uma curiosidade, uma atenção excessiva. Pareciam procurar alguma coisa e, através dos vidros, devassavam a aflição das pessoas e, ao mesmo tempo, despejavam dentro delas sua própria aflição.

Uma garota até apontou de leve com o dedo, chamando a atenção de alguém a seu lado. Pedro chegou a ter a impressão de que alguns passageiros do outro ônibus estavam à beira de falar para eles, à beira de lançar um grito através das janelas, quem sabe um aviso, uma advertência, antes que os dois ônibus se afastassem. Mas hesitavam — desistiam. O certo era que havia uma seriedade incomum nas suas feições, inclusive na cara de um adolescente de pescoço magro, cabelo descolorido — ou pintado de cor de ferrugem —, com um borrão de vitiligo na testa, e que observou os olhos de Pedro com mais demora, com certa insistência incômoda. Até que a última janela, afinal, passou e o ônibus foi embora.

Pouco à frente, retido em mais um engarrafamento, o ônibus de Pedro ficou lado a lado com um ônibus da mesma empresa, que fazia o mesmo trajeto do ônibus de Pedro, mas vinha em sentido contrário — ou seja, de volta para o centro da cidade. O motorista apoiou o cotovelo na beirada, pôs a cabeça meio grisalha na janela. Abanou o braço esquerdo todo do lado de fora, sacudiu no ar a mão grande e mole, onde reluzia um anel grosso, cor de prata, e transmitiu um aviso para o motorista do ônibus de Pedro: a empresa deu ordem para nenhum motorista ir até o fim. Não queriam ter mais ônibus incendiados — foi o que disseram. A ordem era desviar e ir deixando os passageiros ao longo da linha do trem. Mas nem mesmo junto da linha do trem o motorista podia passar: tinha de seguir por uma via paralela, a uns quinhentos metros da linha do trem, onde por enquanto parecia mais seguro, alertou o outro. E foi embora.

Já não era boato, agora era oficial. Soaram palavrões entre os passageiros, a mulher que deixara a sacola plástica com fios e um telefone no colo de Pedro chegou a fazer cara de choro, sua boca se contraiu por um momento, a pele tremeu em volta dos lábios. Mas ela se conteve, fechou os olhos, respirou fundo. Nisso, lá na frente, alguns passageiros quase se debruçaram sobre o motorista, se exaltaram. Outros gritaram para ele de longe — um mais descontrolado até ameaçou depredar o ônibus ali mesmo de uma vez, se ele não seguisse o trajeto normal. Podia não ter muita lógica, nas circunstâncias — afinal, queriam fugir ou não? —, mas mesmo assim, com ou sem lógica, para eles, no seu atordoamento, serem deixados para trás parecia má-fé, parecia uma ofensa e uma traição, era mesmo o pior de tudo.

O motorista ficou vermelho, inflou um pouco o pescoço, remexeu-se no seu banco para um lado e para o outro, mas se controlou. E Pedro viu pelo espelho retrovisor interno como seus olhos quase brilhavam de tanta atenção embaixo das sobrancelhas muito franzidas e quase juntas, quase trepadas uma na outra, no ponto exato onde começa o nariz. Ao mesmo tempo, Pedro notou que alguns passageiros pegaram os celulares e tentaram fazer contato, em busca de alguma solução, de algum caminho. Pediram a ajuda de um parente ou amigo, e logo uns quatro deles disseram que iam descer. Na certa iam dormir fora de casa naquela noite.

Era noite de sexta-feira e já fazia mais de seis meses que Pedro se acostumara a dormir naquele lugar, naquela casa, naquela cama, no Tirol — nas sextas-feiras. Mesmo assim não conhecia muito bem o Tirol, e menos ainda seus arredores. A tal rua a quinhentos metros da linha do trem era um mistério para ele. Na situação, qualquer coisa desconhecida tinha o efeito de aumentar a ameaça, de produzir a imagem de um risco ainda maior — e ainda por cima à noite. Calculou que Rosane talvez também tivesse de saltar do seu ônibus lá, na mesma rua que ele. Mas como encontrá-la? Rosane tinha um celular, mas Pedro não: depois de perder três aparelhos, havia desistido.

Numa daquelas noites de sexta-feira ou de sábado, sentados diante da televisão, Rosane explicou para Pedro: só depois de alguns anos construíram um viaduto e uma passarela de pedestres por cima das linhas do trem e aí, afinal, o Tirol ganhou outra via de acesso, independente da Várzea. Não era mais necessário cruzar a Várzea inteira para chegar ao Tirol nem para sair de lá. Só que, durante aqueles anos, tinha se formado uma rivalidade tão forte entre os moradores dos dois bairros que a solução do viaduto, exigida desde tanto tempo, só veio piorar a situação. Um luxo, um privilégio a mais. Na verdade, a partir de um ponto, tudo o que se fazia, tudo o que se dizia e até o que apenas se pensava, por mais refletido e bem intencionado que fosse, parecia apenas piorar mais ainda a situação.

Pedro havia comprado o sofá em que ele e Rosane estavam sentados, havia comprado também o colchão onde os dois dormiam — o colchão anterior tinha um buraco num dos lados, uma das molas estava quebrada. Eram presentes de Pedro, pagos à prestação, e o pai de Rosane gostava, agradecia. A pequena loja de livros de segunda mão gerava uma receita minguada para Pedro, mas não dava prejuízo e ele tinha poucas despesas, morando na casa da mãe. Então, no sofá, enquanto lixava as unhas sem esmalte — mas rosadas, por causa da carne e do sangue que se enxergavam de leve através das unhas —, e enquanto podava as cutículas minúsculas com uma tesourinha cromada, fabricada na China, Rosane foi explicando aos poucos para ele.

O Tirol, quando ela era pequena, tinha a vida de um bairro normal. As pessoas saíam de casa de manhã para trabalhar em construções, em residências de bairros ricos, em condomínios, em lojas, em fábricas. Como seu pai, que havia trabalhado na construção de viadutos, de hotéis famosos — e como ela mesma que, mais tarde, chegou a trabalhar numa fábrica de refresco, embalado e vendido em copinhos de plástico.

O Tirol ainda foi assim por uns poucos anos — aquilo que ela chamava (como outros também chamavam) de um bairro normal. As pessoas, nas lembranças de Rosane, pareciam menos pobres do que agora. Contra o fundo da sua memória de criança e de adolescente, aquela transformação, já consumada e sem volta, se apresentava como um processo rápido demais, fácil demais, para que fosse possível ter acontecido de fato assim — sem resistência, sem alternativa. E isso ela não conseguia explicar: era preciso engolir e pronto — essa era a ideia que estava no ar — era o próprio ar. Rosane olhava para Pedro e olhava para a televisão como quem ainda não acredita, como quem quer tirar uma dúvida que não se desfaz, não se abre.

As brigas de soco e de pedradas se transformaram em tiroteios, os revólveres deram lugar a fuzis e depois a granadas. Os homens que vendiam um tipo de droga passaram a vender dois tipos e depois três. Foi instalado, e depois ampliado, um posto da polícia militar mais ou menos na divisa entre os dois bairros, com viaturas grandes na porta. Os para-choques amassados, a pintura descascada, as rachaduras atravessadas no vidro do para-brisa — no início, só de ver já dava medo em Rosane. Ultimamente, aparecia às vezes um veículo blindado, com orifícios retangulares por onde apontavam canos de fuzis.

O posto de polícia era um prédio em forma de cubo, sempre em silêncio, com celas gradeadas nos fundos, antenas grandes no telhado, janelas barradas por um vidro fosco na frente, em geral escuras ou quase escuras, onde à noite, a intervalos, se via passar um vulto, uma sombra corpulenta ou magra, de braços compridos, uma silhueta que se detinha um momento antes de avançar e sumir num dos cantos de sombra.

Rosane, ao contar, achava que cada vez menos gente saía de casa para trabalhar ou para ir à escola, cada vez mais gente ficava em casa ou na rua, à toa. Os nomes Tirol e Várzea começaram a aparecer nos jornais, na televisão, nos noticiários de crime. Os grupos armados nos dois bairros pareceram crescer e se hostilizavam. Juravam vinganças seguidas. Sem notar, as crianças começaram a aprender aquela raiva desde pequenas. Educavam-se com ela, tomavam gosto e se alimentavam daquela rivalidade. Cresciam para a raiva: aquilo lhes dava um peso, enchia seu horizonte quase vazio — nada senão aquilo fazia delas alguém mais presente.

Rosane queria explicar para Pedro, queria mostrar um sentido, mas esbarrava em expressões vagas, nervosas, e tudo o que parecia estar ao seu alcance era criar uma lista sem ordem. Ele mesmo se distraía nas cenas avulsas que ela contava e a atenção de Pedro se perdia sem fixar quase nenhuma sequência. Mais que tudo, notava e guardava na lembrança o tom desanimado, o desgosto na garganta, na voz quase sempre alegre de Rosane — o pescoço comprido em que Pedro distinguia, tão bem marcados contra a pele, os anéis de cartilagem da traqueia.

Na tevê à frente deles, o anúncio de um banco mostrou um casal risonho, de roupas bem passadas, com cartões de plástico coloridos na ponta dos dedos: os dois cartões se tocavam e, com uma faísca prateada que saltava, parecia que os cartões se beijavam no ar. De repente, uma mangueira esguichava em leque por cima de um gramado. Um carro encostava diante da casa recém-pintada. A lataria espelhava o azul do céu. Uma porta do carro abria, uma criança saltava para fora e corria sobre a grama. A tela inteira era tomada pela cabeça e pelo tronco de uma jovem no impulso de sair de uma piscina, enquanto a pele bronzeada gotejava. Os quinze segundos do anúncio se arrastavam, não queriam passar. Tentavam congelar-se, ficar em suspenso, encher a sala e a casa, enquanto Pedro e Rosane, sem perceber, aguardavam mudos, atentos à promessa de um sinal, de uma autorização, para que também eles se integrassem àquela visão.

Mas logo depois dispararam na tela os passos de um homem de terno elegante com uma enorme pistola prateada na mão. Ele corria com ímpeto pelo meio de uma rua larga, no meio dos carros, que passavam bem perto e buzinavam. O homem dava tiros para trás, sobre os ombros, sem parar de correr e quase sem fazer pontaria: voltava a arma sobre o ombro e puxava o gatilho. Entre um tiro e outro, gritava dois nomes próprios ingleses, que mesmo gritados soaram baixinho na sala — nomes que amigas e conhecidas de Rosane escolhiam para dar aos filhos. Mas os tiros romperam a barreira do volume baixo do televisor, vibraram mais fortes, e Rosane então, como se acordasse, como se aquilo despertasse alguma lógica em sua memória, explicou a Pedro que, agora, já não tinha afinidade e nem muito contato com a maioria dos antigos colegas de infância.

Alguns tinham ido embora, alguns estavam presos, alguns tinham morrido — quantos? Ela não fez a conta. Mas, entre os que continuavam a morar no Tirol, uma parte dos seus antigos colegas havia adotado um tipo de vida que mal permitia que Rosane conversasse com eles. O mundo deles parecia diferente, retraído, e reduzia-se com tenacidade ao espaço físico do Tirol, do cotidiano do Tirol e, no máximo, dos seus arredores.

Fora dali sentiam-se reconhecidos, ameaçados, temidos — fora dali só viam rancor e não havia roupas, linguajar nem maneiras com que pudessem se disfarçar. Quase que só saíam quando precisavam ir a algum hospital ou providenciar algum documento. Ir ao centro da cidade, a quase quarenta quilômetros dali, como fazia Rosane, e ainda por cima todos os dias, era uma coisa que algumas de suas colegas de infância achavam estranho e até ruim. Para algumas, era mesmo impensável. Torciam a cara só de imaginar. Havia quem nunca tivesse ido ao centro. Algumas de suas amigas que nunca tinham ido a nenhum bairro a mais de dez quilômetros de distância, Rosane explicou.

Depois de frequentar a escola durante alguns anos, algumas delas mal sabiam ler, trocavam letras, paravam no meio. Encaravam as palavras e as contas com hostilidade. Rosane lembrou-se de duas amigas de escola que agora, já adultas, conseguiam ler porque tinham aprendido quando pequenas, mas não acreditavam nem pensavam em continuar estudando. Sabia de uma ou outra que se matriculava no colégio só para obter uma declaração e poder contar com a segurança mínima desse documento. Ou se matriculavam porque os patrões, nas casas onde trabalhavam como faxineira e cozinheira, queriam que elas tivessem o cartão de estudante para andarem de graça nos ônibus pois assim não precisavam pagar a passagem de suas empregadas.

Em suma, tudo aquilo — o trabalho, a escola, saber ler e escrever, o centro da cidade, a cidade propriamente dita, com seus bairros e suas atividades oficiais —, tudo pertencia ao mundo que as deixara para trás, que as empurrara para o fundo: era o mundo de seus inimigos. Isso Rosane já havia entendido, dava para sentir muito bem, era quase palpável. Mas ela ainda não conseguia admitir inteiramente, não queria extrair as consequências nem queria sentir-se parte daquilo. E também era o que ela tentava explicar a Pedro, só que não achava um meio.

Talvez com um exemplo, uma pessoa, quem sabe? Contou

então que na casa em frente morava uma antiga colega de infância. Como Rosane, ela continuava a morar na casa e no lote que os pais ganharam na época em que o Tirol foi ocupado. O pai trabalhou quase vinte anos numa firma que de dois em dois anos fechava e reabria em seguida com outro nome e outro registro de pessoa jurídica para não ter de pagar os direitos trabalhistas aos empregados e poder fugir de impostos. De repente o dono faliu, disseram: fechou as portas de verdade. O dono da empresa foi morar no exterior com a família inteira, pelo que diziam. E o pai da amiga de Rosane, como os outros empregados, ficou sem indenização nem aposentadoria — tudo parado para sempre na Justiça.

Naquela altura o homem tinha cabelos brancos. A mão esquerda começou a tremer. De uma hora para a outra, o braço ficou imóvel, encolhido junto à barriga. Ele vivia indo ao Ministério do Trabalho, no centro da cidade, às vezes falava sozinho, em voz baixa, enquanto andava, até que um dia sumiu: ninguém mais soube dele. Não havia registro em hospitais, em necrotérios, nada. Agora a viúva, que não podia nem mesmo receber a pensão, fazia um tratamento de tuberculose já havia alguns anos. Tossia forte, se sacudia toda, noite adentro. Parecia arrebentar, mas não arrebentava. Tinha passado a ouvir uma rádio religiosa, em volume alto demais — sua audição estava ruim, ela esperava milagres — e fazia algum tempo que recebia uma espécie de aposentadoria ínfima do Estado.

A filha dela tinha dois filhos pequenos, que muitas vezes andavam trôpegos ou engatinhavam quase nus na beira da rua. Pedro tinha visto: um dos meninos tinha feridas nos pés, já havia ultrapassado visivelmente a idade de engatinhar, mas ainda engatinhava. O pai das crianças era um rapaz de dezenove anos — mais novo que a moça —, saudável, ativo, muito forte, que ria alto e trabalhava de piloto de moto-táxi. Depois começou a consertar motos e, junto com um amigo, quase do dia para a noite, montou uma oficina de motocicletas nos fundos daquela mesma casa, ali em frente. Nem havia espaço para isso, na verdade. Tudo ficava atravancado, às vezes o material se amontoava na beira da rua mesmo. O barulho dos motores e das pancadas metálicas era enorme e ia até tarde, atrapalhava o sono dos vizinhos.

A oficina também servia para desmontar motos roubadas e revender as peças, tudo em troca de ninharias e para gente que vinha de outros bairros. Elevaram o muro, mas a polícia logo descobriu, eles passaram a ter de pagar aos policiais e por isso precisavam desmanchar mais motos, atender a mais encomendas. Um dia, foram dar uma volta num carro que um policial havia deixado para eles consertarem — um carro de motor possante, com vários alto-falantes a toda volta dos bancos e atrás. A uns três ou quatro quilômetros dali, já em alta velocidade, o rapaz que dirigia foi sintonizar melhor o rádio, confundiu-se com a direção, o carro resvalou no meio-fio, bateu de lado num poste, capotou e os dois rapazes morreram na rua, antes da chegada do socorro. Isso já fazia um ano e os restos das motocicletas que sobraram ainda continuavam largados nos fundos da casa, no mesmo lugar em que estavam no dia do acidente — Rosane mostrou para Pedro, de longe, discretamente, através de uma janela basculante.

Uns três meses depois do acidente, veio morar ali, naquela casa, um homem de uns trinta anos que se dizia primo da amiga de infância de Rosane. Atarracado, quase sem pescoço, de tronco volumoso como um barril, o homem tinha uma cicatriz que deixava pelada uma pequena faixa da cabeça acima da testa. Por isso andava quase sempre de boné. Parecia esconder os olhos na sombra da pala. Quase não falava com ninguém, costumava sair ao entardecer e ninguém via a que horas ele voltava para casa, ou pelo menos ninguém comentava. Ninguém sabia em que trabalhava, mas o certo era que, para ele, morar naquela casa tinha um preço. Comprou uma geladeira e uma televisão novas e até uma bicicleta para a prima.

Um dia o homem sumiu e então se soube — as pessoas começaram a falar, em voz baixa: ele era um matador contratado pelos chefes do bairro para assassinar devedores e desafetos. Mas depois de seis meses de atividade, houve uma desavença entre ele e os chefes e o homem teve de fugir às pressas para longe, foi para outro estado. Ainda havia roupas e objetos pessoais dele dentro da casa. As duas mulheres não sabiam o que fazer com as coisas do homem sumido nem com as faturas de prestações que chegaram depois, pelo correio, no nome dele.

Rosane contou como ela e a amiga da frente brincavam, quando pequenas, depois que voltavam da escola. Contou que gostavam dos mesmos programas na televisão, dos mesmos filmes, que viam numa tevê em que faltava o tampo de trás, tinha os fios e os circuitos à mostra — um aparelho de onde vinha um cheiro ácido, de que elas até gostavam, quando o tubo e os circuitos ficavam bem quentes. E contou que brincavam de fingir que eram elas os personagens dos programas. Lembrou como imitavam as vozes muito bem e que cantavam juntas as músicas dos anúncios de sorvete, de biscoito. Rosane ainda lembrava uma das músicas, cantarolou meia dúzia de notas e perguntou se Pedro não lembrava.

Contou como as duas comiam muitas vezes lado a lado no refeitório da escola na hora do recreio — a mesma comida, da mesma panela, a mesma quantidade, as colheradas bem medidas e pesadas no pulso das merendeiras. O mesmo refresco em pó diluído na caneca de plástico, na frente do prato. As duas: tudo igual a todos os outros alunos. Contou que se sentavam muito perto uma da outra na sala de aula, costumavam emprestar o lápis ou a caneta, quando uma delas se esquecia de trazer — era fácil, era uma natureza que traziam dentro delas. Rosane tentava de todos os meios e não conseguia localizar o momento em que o mundo das duas se desmembrou. Não entendia como podiam ter se afastado tanto e em tão pouco tempo. Nesse esforço, sem achar a saída, lembrou também um episódio ocorrido ainda antes de começar o namoro com Pedro.

No escritório de advocacia onde os dois se conheceram — e onde Rosane já não trabalhava (pois Pedro, agora, tinha conseguido um outro emprego para ela, um emprego melhor) —, surgiu uma vaga para serviços bem simples, de limpeza e de cozinha, qualquer trabalho braçal. Pagavam o salário mais baixo possível, descontado de todas as formas possíveis, como sempre acontecia. E às vezes pediam para trabalhar fora do horário, sem nunca pagar hora-extra, como também sempre acontecia.

Mesmo assim, ali, como em toda parte, achavam que já estavam pagando muito, que a despesa era excessiva, que os impostos eram altos, que as pessoas não sabiam economizar, que uma empresa moderna tinha de ter poucos empregados ganhando o mínimo possível. Mas, no fim das contas, davam vale-transporte, tíquete-refeição, carteira assinada, férias, décimo terceiro salário — e pagavam em dia. Rosane comentou o fato com o pai, que comentou com uma conhecida na rua, que por sua vez se lembrou de uma jovem, uma ex-colega de escola de Rosane e sua amiga de infância, que estava sem emprego havia muito tempo.

Rosane tinha lembrança dela, via na rua às vezes, de passagem. Mas não se falavam já fazia alguns anos. Mesmo assim, a pedido do pai, recomendou a amiga ao departamento de pessoal do escritório de advocacia. Lá, gostavam muito de Rosane e sua amiga foi logo chamada para trabalhar por um período de experiência de um mês. Só que a experiência não passou de metade de um dia. Ao rever a amiga, a própria Rosane quase tomou um susto. Não que nunca tivesse visto, não que não estivesse acostumada — como também já deviam estar acostumados quase todos os seus colegas no trabalho. Havia muita gente assim, em toda parte. A moça nada tinha de raro ou de anormal, na verdade. Só que nem por isso o susto foi menos forte ou menos lembrado.

Aconteceu que ali no escritório, entre as paredes limpas e pintadas em tom pastel, com reproduções de pinturas abstratas penduradas — no meio dos aparelhos eletrônicos novos que zumbiam e piscavam discretos em cima das mesas — sobre o piso de granito reluzente — debaixo das luzes distribuídas de forma calculada por um arquiteto — ali, onde todos sabiam que causas jurídicas complicadas, misteriosas, caras, recebiam os cuidados e as atenções mais especializados e onde fortunas trocavam de mão por força de simples assinaturas num documento — ali, sua vizinha e amiga de infância tomou, na mesma hora, um aspecto incômodo, impertinente e quase aberrante aos olhos de Rosane, como aos olhos dos outros.

A moça falava rápido demais, num tom sempre alto, estridente. Cortava tantos pedaços das palavras que às vezes algumas pessoas menos habituadas demoravam a compreender o que dizia, ou nem entendiam mesmo. Quando perguntavam a ela o que estava falando, às vezes se revoltava, achava que estavam fazendo pouco, zombando dela. E sua explicação vinha sempre enrolada em resmungos de queixa e de ofensa. Por qualquer coisa se ofendia, o tom de voz subia ainda mais e os outros compreendiam ainda menos o que ela falava.

Movia-se com largueza, os braços se abriam e os ombros fortes se agitavam mais do que o espaço podia comportar. Esbarrava nos objetos, nas pessoas até, mas não dava sinal de se importar com isso — as coisas é que estavam no lugar errado, as pessoas estavam onde não deviam. Ria muito, ria com toda a força do pulmão, ria com uma alegria feita de músculos, de suor. Mostrava-se completamente segura de si, muito certa de sua razão, a boca se escancarava iluminada pelos dentes.

Em vez de água filtrada, servida em copos descartáveis sempre à mão, ela preferia matar a sede colocando a boca direto na torneira — ainda por cima bochechava, uma vez até cuspiu um pouco no chão da cozinha, como se a água estivesse ruim — e nisso até ela parecia saber que havia um exagero, como se fosse só por desaforo, para chocar mesmo. Teimava em chutar as sandálias para fora do pé e andar descalça, cismava de não fechar todos os botões do jaleco. Enrolava as mangas para cima e para dentro, até os ombros inteiros ficarem de fora, os braços musculosos todos à mostra. Mexia de vez em quando com as pessoas, disparando um ou outro palavrão, não punha nada de volta no lugar de onde havia tirado, se mostrava sentida, indignada, não queria saber de ouvir as orientações das colegas.

Quinze minutos depois de começar a trabalhar, já se irritou com alguém que reclamou da sua voz alta. Em meia hora criou um problema sério por se recusar a fazer de novo uma faxina num pequeno banheiro. Depois brigou com uma colega que reclamou porque ela pegou um pouco da sua comida na geladeira, só para provar. Pegou um telefone celular que estava em cima de uma mesa para fazer uma ligação e, três horas depois de chegar, saiu pela porta de vidro aos gritos, abanando os braços, atirou-se direto pela escada, não quis nem esperar o elevador — com raiva também do elevador, que não vinha buscá-la depressa. E não voltou mais.

Uma doida, um bicho, disse Rosane para Pedro em voz baixa — com vergonha, com susto de estar dizendo aquilo: um bicho. Mas foi o que alguém no escritório falou, na hora, e foi o que Rosane pensou e, com medo, atenta, para testar, repetiu a palavra na cabeça. Como sua amiga tinha ficado assim? E como Rosane pôde pensar aquilo? Ela acusava com amargura a amiga de infância, acusava as pessoas que eram como ela — não eram raras, não eram exceção —, sem procurar desculpas nem atenuantes. Ou melhor, queria a todo custo evitar as desculpas, tinha medo de que as desculpas aparecessem, reclamassem todo o seu peso, se revelassem muito mais fortes do que ela e, muito mais do que desculpas, fossem razões completas.

Mas na certa o que mais a incomodava no fundo daquele tumulto e daquela raiva, capazes de causar uma preocupação tão funda que dava até um pouquinho de náusea em Rosane, era saber que ela mesma poderia muito bem ser aquela moça — igualzinha, em cada gesto. E que se não era agora, se não era ainda, poderia vir a ser um dia — e de um dia para o outro. Por que não? As duas cresceram ao mesmo tempo, nas mesmas ruas, respiraram o mesmo ar parado, meteram os pés nas mesmas poças, as mesmas vozes falaram para uma e para outra, as mesmas palavras voavam à sua volta. Elas dormiram debaixo das mesmas noites, debaixo da mesma poeira e abafamento, depois de pressentir as mesmas ameaças, depois de esbarrar nas mesmas humilhações — as mesmas que iriam se pôr no seu caminho no dia seguinte, na semana seguinte.

E, por trás disso tudo, o que mais ameaçava Rosane era uma dúvida: será que, no fundo, o jeito de Rosane, sua opção, era de fato melhor? Rosane queria estudar, queria aprender, queria ter educação, queria uma profissão mais qualificada, poder ganhar mais, poder comprar mais coisas, queria ser respeitada por eles, os outros, aquela gente toda — queria poder morar em outro lugar, melhorar de vida, ser outra pessoa, ser alguém, alguém — isso era o certo, era o que todos diziam, era sabido e apregoado em toda parte — ali estava o que era bom fazer, o que era bom ter sempre na cabeça e não desistir nunca.

Dali, daquele ângulo bem definido e cada vez mais estreito, é que se devia olhar para o mundo em redor. Era dali que se devia lançar o olhar para a frente, para o futuro. Mas a cada dia as dificuldades se mostravam tão flagrantes, os obstáculos eram tão descarados em seu poder e se levantavam tão desproporcionais às forças de Rosane que ela às vezes parava com um susto, uma surpresa, e de repente topava com um imenso vazio à sua volta. Que chances tinha ela, afinal? Por que havia de conseguir o que pessoas iguais a ela não conseguiam de jeito nenhum? O que poderia haver em Rosane de tão especial? Não seria simples estupidez pensar que a deixariam passar, que algum dia abririam caminho para ela?

Agora, sentado no ônibus, junto à janela aberta, com o livro aberto de novo nas mãos, Pedro pensava em Rosane. Sob o efeito do que acontecia no ônibus, do que devia estar acontecendo no Tirol e do que falavam à sua volta naquela viagem, Pedro pensou primeiro nas coisas que ela contava sobre seu bairro. Mas logo se distraiu e passou a pensar nos ossos do pulso, nos ossos dos ombros de Rosane. Demorou-se nisso com um certo gosto — já era uma mania que ele tinha, e sabia disso muito bem —, tratava-se de uma fixação em algo que, de tanto ele pensar, de tanto ele procurar, tomava a forma e os atributos da última linha de defesa: o osso.

Pedro sentia como era fácil parecer protetor, e até ser de fato um protetor, tamanha a fragilidade aparente em torno de Rosane, tamanha a estreiteza das coisas em que ela podia se apoiar. E isso apesar do seu jeito em geral seguro, apesar da obstinada força de vontade que transpirava de Rosane na maior parte do tempo.

De repente passou uma sombra dentro da cabeça de Pedro. Sem contorno, sem cara, se acumulou uma fumaça — ou melhor, olhando bem, ele viu: uma fumaça grossa que escurecia tudo e flutuava a dois palmos do chão, no meio de um caminho coberto de capim. Num relance, num lampejo, ele viu — havia uma corda esticada no ar, uma corda que saía do meio daquela fumaça. Não se via nada por trás da fumaça, mas algo puxava lá dentro e esticava a corda. Foi dessa forma, foi nesse quadro de um momento em sua cabeça que veio a sensação do perigo que Rosane podia correr, naquela crise que se anunciava ali dentro do ônibus. Um perigo que ele não era capaz de definir e (pelo menos isso estava bem claro) um perigo para o qual não existia proteção possível.

Quis concentrar-se no livro em suas mãos, forçou a atenção, quase empurrou os olhos e o pensamento para o que estava escrito. Na página estava o nome de outro lugar também próximo da cidade — um lugar onde agora havia fábricas desativadas, já ilhadas pelo capim alto, descontrolado, à beira de uma estrada sem sinalização e sem faixas pintadas na pista de asfalto, retalhado por rachaduras. Um pouco mais adiante dali se estendia um imenso depósito de lixo, cujos gases e fumaças permanentes se avistavam mesmo a distância. Cento e cinquenta anos antes, naquele local, Darwin passou por uma experiência que fez questão de registrar por escrito em suas memórias.

Aliás, era esquisito — pensou Pedro —, era esquisito que o livro contasse tantos episódios de sua viagem por estas terras, quando o normal seria concentrar-se na explanação das descobertas e teorias científicas do inglês, ainda que em forma simplificada — era aquilo o que interessava, afinal, aquilo era o importante. Mas o livro tinha sido escrito neste país, era direcionado aos leitores daqui, e os editores, sem dúvida, avaliaram que teria um certo gosto de glória, que seria quase a apropriação de uma parcela do progresso poder figurar com destaque nas lembranças estudiosas do cientista: documentar que a luz daquelas paisagens havia tocado os olhos atentos do sábio inglês.

Ao cruzar um rio numa balsa, Darwin foi guiado por um escravo. Com a longa vara na mão, o escravo calcava o fundo do rio para empurrar a balsa através da corrente mansa, sem ondas nem espuma. Tratava-se, nas palavras do naturalista, de um negro de todo imbecil, pois Darwin tentava se comunicar com ele sem alcançar nenhum sucesso. Por imaginar que o homem talvez fosse surdo, ou apenas por se perturbar com uma irritação crescente, causada por seus esforços frustrados, Darwin passou a falar cada vez mais alto, ao explicar o que queria saber. (*Mas como assim? Será que falava em inglês com o escravo?* — pensou Pedro.) Fazia também sinais com as mãos e movimentos com o rosto, gesticulava com exagero, no esforço de se fazer compreender.

Em um desses movimentos, sua mão passou perto da cara do escravo: perto demais. O homem achou que Darwin estava furioso e queria lhe dar um murro. Encolheu-se, levantou um pouco os braços quase na altura do rosto e olhou-o de lado, tolhido pelo medo. Na certa, tomou a posição em que as pancadas doeriam menos — ele conhecia esses expedientes, era uma lição segura, aprendida bem cedo na vida: se não havia como escapar do chicote, sempre havia um jeito de uma chicotada doer um pouco menos. Pensando bem, essas coisas não podiam deixar de estar claras para qualquer pessoa, assim que visse o escravo ali na balsa.

Darwin escreveu que nunca ia esquecer os sentimentos de surpresa, desgosto e vergonha que o assaltaram, quando viu na sua frente o homem apavorado, dominado pela ideia de tentar abrandar um golpe iminente, do qual acreditava ser o alvo. A observação sistemática dos seres vivos em seu ambiente natural pode ter pesado no comentário acrescentado por Darwin em seguida à narração do episódio. Na sua opinião, haviam conduzido o escravo a uma degradação maior do que a do mais insignificante dos animais domésticos.

Sim, era triste, pensou Pedro. Fazia tanto tempo, bem mais de um século. O pior, talvez, era ver que tudo se distribuía numa escala — até os animais domésticos. Pensou também: O que será que o cientista queria tanto saber que o deixou nervoso, com gestos exaltados, naquela balsa no meio de um rio? O que ele achava que o escravo podia lhe dizer? De que modo poderia responder? Quem sabe se o que de fato horrorizou Darwin foi descobrir que ele mesmo sentia-se tão confiante na sua razão, no seu direito de perguntar e receber resposta, que de fato poderia ter dado um murro na cara do escravo sem ter de se justificar ou responder a ninguém por ter feito isso.

Quem sabe percebeu como seria fácil, como estava na lógica das coisas e como ele, ou sua presença ali, numa balsa que cruzava um rio tão distante da sua casa, para logo depois ir embora levando amostras de seres vivos e anotações e nunca mais voltar, também fazia parte da mesma lógica? Quem garante que sua mão não quis mesmo acertar na cara do homem e que só se desviou no último instante? Talvez, na sua irritação, em seu descontrole, tenha até acertado um golpe de leve e, ao escrever, tempos depois, Darwin recontou o episódio na forma que preferia lembrar. O escravo pode estar certo, pensou Pedro. Pode ter esquivado o rosto na hora exata e na medida exata para deixar no estrangeiro a impressão de que ele havia recebido o castigo devido e, ao mesmo tempo, não se expor muito à dor — quem sabe? E assim, lá estava: o imbecil tinha as suas razões.

Uma fração do retrato daquele barqueiro feito por Darwin e reproduzido no livro acendeu na memória de Pedro a lembrança de um homem — talvez tenham sido as palavras "um negro de todo imbecil", que estavam no papel. Pois muitas horas depois daquele incidente com o cavalo no meio da rua — o cavalo que atirou Pedro no chão e o pisoteou na calçada de pedrinhas brancas alternadas com pretas, em desenhos geométricos —, já depois de terminada a cirurgia no tornozelo, muitas horas depois do incidente, já no fim da madrugada, Pedro foi levado na maca rolante para um elevador do hospital e em seguida para uma enfermaria de seis leitos.

Dois leitos vazios, sem colchão, e os outros quatro ocupados por homens acidentados que tinham operado a perna e estavam internados ali — na verdade, dois deles tinham sido operados nas duas pernas. A sala era ampla, o teto alto. Algumas lascas tinham descolado no piso de borracha preta, onde de vez em quando passava devagar e tateante uma baratinha da cor e do formato de uma amêndoa. A tinta branca dos tubos de ferro dos leitos estava envelhecida, amarelada, tinha se encolhido em rugas e descascado em vários pontos. De perto, os tubos das camas cheiravam um pouco a ferrugem.

Pedro lembrava como a janela era grande e ficava sempre aberta, dia e noite, porque estavam no verão — em nenhuma noite daquela semana fez menos de trinta graus. Era o oitavo andar, e pela janela, para quem estava deitado com a cabeça no travesseiro, só se via o céu, as nuvens, algum avião ou alguma pipa que se remexia e se esticava vigilante na ponta da linha, à caça de outras pipas.

Logo na primeira noite houve uma tempestade e não vieram fechar os vidros, nem quando os raios começaram a cruzar o céu. A luz transparente dos relâmpagos varria de um jato o chão da enfermaria, até a soleira da porta do corredor. Mas a chuva não entrou: o beiral era largo. Pedro, da sua cama, do seu travesseiro — com o número do inventário estampado na fronha em grandes caracteres pretos —, olhava para a janela escura, ouvia o estalo da chuvarada de encontro às paredes dos prédios lá fora e no asfalto da rua lá embaixo, e aguardava a hora em que o efeito da anestesia ia passar e sua perna ia começar a doer de verdade.

Um homem de todo imbecil, inferior ao mais insignificante dos animais domésticos — talvez alguém, talvez o próprio Pedro, dissesse o mesmo sobre o paciente no leito à frente dele.

Talvez pensassem assim as enfermeiras que com tanto esforço e capricho davam banho todo dia naquele homem. Chamava a si mesmo de João, mas não lembrava o sobrenome e às vezes, poucas vezes, quase desconfiava não ser João seu nome verdadeiro. Assim como não lembrava de onde era, onde morava, nem o nome ou as feições de nenhum familiar ou amigo, nem nada anterior à sua chegada ao hospital.

As duas pernas engessadas da canela até o alto da coxa, um metro e noventa e cinco de altura, cem quilos ou mais — forte sim, forte como um excelente animal doméstico. Era preciso reunir a força de duas enfermeiras vigorosas para retirá-lo da cama na hora do banho. Era preciso proteger o gesso com plásticos, levá-lo para o banheiro, despir seu avental hospitalar, colocá-lo sentado num banco de aço debaixo do chuveiro, suspender as pernas sobre uma cadeira colocada mais adiante para os pés e os tornozelos não incharem, era preciso esfregá-lo inteiro, da cabeça até a virilha, e depois lavar os pés, limpar o intervalo de todos os dedos, enxugá-lo bem, vesti-lo manobrando os braços compridos no ar e trazê-lo de volta para a cama.

"Não maltrata o João", ele dizia. "O João é um homem bom." Referia-se a si mesmo na terceira pessoa — uma forma hábil, um último recurso para tentar separar-se da sua presença no hospital e de tudo o que havia acontecido. Um acordo que tentava fazer com sua perda de memória, um meio engenhoso de mostrar que havia uma distância entre chamar o nome e responder ao nome. Ele queria ficar nesse intervalo, tentava abrigar-se ali.

Mas o problema persistia: por mais que se esforçasse, não se lembrava de nada anterior ao hospital. Quando perguntavam, olhava de um jeito manso, admirado, como se não entendesse, e dizia: "O João é um homem bom". Havia sempre a suspeita ou o medo de estar sendo acusado de alguma coisa. Só sabia que não sabia de nada e essa consciência nula era toda sua consciência. "O João hoje está contente, o doutor veio falar com o João." Pedro entendia: era mais ou menos como alguém que fala sozinho, alguém que se explica e apela para o vazio. Ele estava chamando — chamando o João.

Mas não era só isso — e Pedro também entendeu (tantas horas e dias ao seu lado, alguma coisa Pedro tinha mesmo de entender): o caminhão que atropelou o João na beira da calçada, diante de uma pequena construção onde disseram que ele trabalhava, mas onde semanas depois a assistente social do hospital foi conferir e não havia nenhum registro de um operário ausente na lista de empregados — o caminhão que o atropelou naquele dia foi embora e deixou-o desacordado na rua, sem nenhum documento no bolso. Parecia morto quando os bombeiros o levaram na ambulância — assim contavam as enfermeiras.

Teria morrido de verdade se fosse mais fraco. Fazia mais de seis meses que estava no hospital, tinha sido operado três vezes nas duas pernas. Já suportara complicações sérias, as dores de uma infecção no osso — as terríveis dores que queimam e raspam em espetos por dentro, dia e noite — como descreveu o outro paciente que também teve a mesma complicação — um magrinho de voz fraca, rouca, no leito perto da janela. Tinha sido atropelado numa rodovia por um carro dirigido por uma mulher jovem, de cabelos esvoaçantes, que ele entreviu pelo para-brisa um segundo antes do impacto, cujo rosto mesmo assim ficou na sua memória e que fugiu na mesma velocidade em que o atropelou. "Como ela pôde fazer isso", gemia o homem às vezes de madrugada, deitado de lado na cama, virado para a janela, com voz fina de criança, no tom sincero de quem sabe que não pode ser ouvido por ninguém.

Pois o João suportou aquela dor durante dias quase sem se queixar — até sorria, contaram as enfermeiras. Só de vez em quando deixava escapar um ronco abafado e comprido, na sua voz grossa, que vinha do fundo do pescoço. De tão enfraquecidas pela imobilidade, suas pernas agora deviam ser dois palitos dentro do gesso já um pouco folgado, que os médicos tinham substituído mais de uma vez. Quando João ficava de pé, apoiado em duas enfermeiras, com os compridos canudos de gesso que iam do tornozelo até o alto da coxa, mais parecia equilibrar-se em cima de pernas de pau. "O João está ficando bom." "As mulheres gostam do João." "Quem vai aparar o bigode do João?"

Seu manejo das palavras — ele, o João —, desmembrando-se em dois, em duas figuras que não existiam, ou só existiam em parte, ou só existiam uma contra a outra, era um jeito indireto de quase obrigar as pessoas a não esquecer: ali na frente delas, em algum espaço, estava uma pessoa com nome, vida própria, igual a elas, com certos direitos — um paciente em relação a quem todos tinham responsabilidades. Para onde iria, quando ficasse bom das pernas? Para onde o hospital iria mandá-lo? Porque, no fim das contas, algum dia o João ia se recuperar, os médicos agora já estavam seguros, seu corpo, suas pernas iam se restabelecer. No início acharam que o paciente não ia resistir. O médico, certa noite, já bem tarde, deu as costas para o João e falou para a enfermeira sonolenta: Pode avisar ao serviço funerário.

Agora, ninguém tinha dúvida: depois de uma temporada de fisioterapia, talvez ele até voltasse a andar normalmente — ou mesmo voltasse a correr, quem sabe, por que não? Até lá, dariam um jeito de mantê-lo no hospital, na enfermaria, sempre arranjariam um canto para ele ficar, garantiriam as refeições, os banhos, o pijama, o cobertor. O que seria dele na rua? Mesmo assim, os dias passavam e, dentro do seu corpo espaçoso que se restabelecia, continuava faltando a memória. O médico pediu a Pedro: Fale com o João, puxe conversa, talvez as lembranças voltem, talvez surja algum endereço ou um nome de parente, preste atenção no que ele disser, a gente pode ir procurar, já aconteceu aqui uma vez. Mas — no fundo, todos sabiam — mesmo que a memória voltasse, mesmo que encontrassem alguém, um parente, vários parentes, ainda assim, mesmo fora do hospital, ficaria faltando muita coisa ao João. Como suprir aquela falta?

Pedro, por sua vez, tinha a perna esquerda engessada do joelho para baixo, com uma janela mais ou menos redonda serrada no gesso, na altura do tornozelo — uma tampa que o médico abria e fechava para trocar o curativo e aos poucos tirar os pontos que não estivessem inflamados. Deitado em sua cama, com o pé escorado um pouco mais alto do que a cabeça, Pedro falava com o João várias vezes durante o dia e a noite. De preferência, deixava ele falar à vontade e só fazia uma pergunta quando João se calava, quando sua voz perdia o impulso e o pensamento parecia afundar.

João não sabia ler, não conhecia a cidade em que estava, não tinha noção dos bairros, não se lembrava de ter vindo para a cidade nem para o hospital, não sabia quem era o governador ou o presidente, mas sabia o que era um carro, sabia o que era um caminhão. De pergunta em pergunta, Pedro descobriu que João sabia até o que era o cinema, tinha visto um filme. Não lembrava nada do filme, é verdade, mas tinha uma explicação para o que acontecia dentro do cinema: "É um gás que soltam numa casa escura e aí a gente começa a ver aquelas sombras". Falava em tom sério, compenetrado, o mesmo tom de perigo com que se referia a um caminhão — qualquer caminhão, uma espécie de entidade maligna.

A mãe veio visitar Pedro na enfermaria no final do dia seguinte à cirurgia, depois que ele foi autorizado a receber visitas, e Pedro, ainda fraco, um pouco zonzo, contou mais ou menos como tinha sido o acidente com o cavalo em que havia machucado o tornozelo dois dias antes. João escutava da sua cama e, sem levantar a cabeça grande e raspada que pesava fundo em seu travesseiro, mostrou que também conhecia cavalos: "Tem de dar um murro no focinho, ou então bem no meio do pescoço. Cavalo é um bicho bobo, cavalo nenhum derruba o João".

O cavalo voltou a ser discutido quando Júlio veio visitar o amigo na enfermaria. De gravata, paletó estendido sobre as pernas, suor no pescoço e no pano da camisa embaixo dos sovacos, Júlio sentou-se numa cadeira de ferro meio bamba, também pintada de branco, ao lado da cama. Pedro descreveu o acidente na rua e Júlio, desde o início, ouviu com minúcias de advogado.

Era visível: sua cara redonda aumentava um pouco a cada detalhe sobre o cavalo. A ideia foi tomando forma e no final ele propôs: Pedro podia pedir uma indenização, o ideal era dar entrada logo, quanto antes melhor. Tinha de providenciar radiografias, a ressonância magnética, um laudo do cirurgião. Anotou o nome do médico para procurá-lo mais tarde. Mencionou casos semelhantes e estimou ali mesmo um montante para a indenização.

Pedro se espantou, mostrou que não acreditava — não só na soma como também na possibilidade de uma indenização, coisa muito enrolada. Mas Júlio retrucou: Um cavalo, um animal doméstico, não pode responder por si mesmo, não sabe o que faz, alguém é responsável, alguém tirou o animal do pasto, da cocheira, e pôs ali na rua, um local público, bem na sua frente. Você não pode aceitar isso. É um direito seu. Talvez fique com uma sequela para o resto da vida. Deixe que eu cuido de tudo.

Pedro lembrava muito bem, lembrava sempre o peito do cavalo num clarão, durante um segundo, um instante em que tanta coisa agora se acumulava. O peito do cavalo a um palmo dos seus olhos — o pelo curto meio avermelhado, cor de brasa, os músculos ondulantes do bicho sob a pele muito esticada, como se fosse rasgar. O suor que exalava uma quentura, quase um vapor. Um bicho, um animal doméstico. Lembrava-se também do soldado sobre a sela, suado, com uma expressão de susto, com o escudo de plástico transparente erguido acima da cabeça para se proteger das pedradas.

Não, Pedro não teria coragem de dar um murro no focinho do cavalo. Também não disse nada sobre a proposta do Júlio — nem que sim, nem que não. Sua perna já doía bastante, sobretudo por causa dos pontos internos, sentia também uma fraqueza que o entontecia, na certa uma febre intermitente, alguma inflamação em andamento. Enquanto o Júlio argumentava, Pedro às vezes olhava para o teto da enfermaria e aquela superfície plana, com carocinhos da pintura bem visíveis, parecia balançar de leve, em ondulações, músculos que se mexiam por trás. As rachaduras na tinta velha se esticavam meio moles no teto, se abriam um pouco, formavam breves sorrisos de zombaria voltados para sua cara.

Não se preocupe, deixe tudo comigo, insistiu o Júlio. De fato, ele encaminhou os papéis com presteza, chegou a localizar duas testemunhas do acidente — o que foi mais fácil do que parecia, pois tudo havia ocorrido a dois quarteirões do prédio onde ficava o escritório em que Júlio trabalhava. Ele circulava diariamente por ali, tinha conhecidos na área. Mais do que conhecidos, tinha quase admiradores. Júlio sempre dava bom-dia a todos — nas lanchonetes, na lojinha lotérica, na banca de revistas, na drogaria — para os porteiros, os vigias, os guardadores de carros.

Mais do que um bom-dia ou um cumprimento convencional, ele travava conversas não muito demoradas, mas marcantes — Júlio mostrava interesse. Todos eram alvo do seu bom humor, da sua inclinação à simpatia. Não se tratava de exercitar uma doutrina de otimismo, não era uma questão de pôr em prática a regra de um espírito positivo a qualquer preço. Não: Júlio enxergava muito bem a crueldade à sua volta, não fechava os olhos às desgraças e fraudes de todos os dias, via o horizonte escuro, fechado, Júlio não era bobo. Só que, mais por instinto do que por raciocínio, não queria render-se por antecipação, não queria omitir-se ou abrir mão do seu tempo, da sua vez na fila, da sua vez de fazer o lance, não queria deixar a última palavra, a palavra mais forte, para os outros, para os adversários — quem quer que eles fossem. Além de tudo, essa conduta lhe trazia benefícios imediatos e evidentes demais para serem ignorados. A cordialidade espontânea, fácil, era também um estímulo bastante produtivo.

Júlio conhecia várias pessoas da rua pelo nome. Sabia de que cidade e estado tinham vindo, sabia em que bairro moravam, como eram suas famílias. Quase nenhuma dessas pessoas se recusava a falar de sua vida, quase nenhuma fugia à sua curiosidade e Júlio achava interessante, em especial, constatar como era comum terem sete, oito, dez irmãos. Já no primeiro diálogo com alguma delas, às vezes arriscava um palpite bem-humorado: Tem oito irmãos? Tem onze irmãos, não é? Cinco irmãos e quatro irmãs? Havia uma graça meio caricata, meio delirante, nessas cifras elevadas, nessa proliferação desatenta. Mas — Júlio, com o tempo, começou a pressentir — talvez houvesse também ali uma lógica, uma reação elaborada, uma estratégia, uma forma sutil de resistência ou de vingança da parte deles. Uma represália cujo objeto, cujo alvo — Júlio adivinhava a contragosto — devia incluir necessariamente a ele mesmo, o Júlio.

Verificava também que era comum morarem todos juntos, com as famílias, em casas muito próximas ou enfileiradas, como pequenas aldeias de índios — comparava Júlio, que mentalmente se distanciava deles de propósito para ver melhor. Também por isso sentia-se em certos momentos o observador de uma civilização alheia, um antropólogo amador que trabalhava a distância, mas ao mesmo tempo misturado com eles, e que pesquisava por meio de entrevistas informais. No entanto sua curiosidade era só uma curiosidade e ele não conseguia e nem pretendia impor a ela um método ou um sentido.

Assim, quando Júlio saiu pela rua indagando a respeito do incidente com Pedro e o cavalo ocorrido dois ou três dias antes, não foi difícil convencer duas pessoas a testemunhar — um homem que fazia sanduíches e sucos emparedado na minúscula cozinha de uma lanchonete e que conversava com Júlio através de uma janelinha pouco maior que sua cabeça — a abertura por onde passava os copos de suco para as garçonetes servirem no balcão — e também uma mulher que trabalhava na caixa de uma drogaria, sentada num banquinho meio torto e tão alto que não deixava seus pés tocarem no chão (o que lhe causava dores nas costas).

O homem dos sucos tinha visto toda a cena do ataque do cavalo contra Pedro através de uma pequena abertura na porta de ferro corrugado da lanchonete, pois a porta tinha sido baixada e fechada às pressas na hora do tumulto. A mulher, por sua vez, presenciou o incidente espiando pela janela do primeiro andar, aonde subira para se abrigar. Os dois podiam reconhecer Pedro, viram muito bem que ele não tomou parte do conflito, não provocou o soldado nem o cavalo nem ninguém.

Reunidas as testemunhas e a documentação necessária, Júlio em seguida cuidou para que o processo não morresse numa prateleira da Justiça. Com a ajuda do patrão, experiente nos meandros do fórum, manobrou para que o processo não fosse encaminhado para varas mal afamadas e para juízes lerdos ou imprevisíveis em seus caprichos, ou descontroladamente corruptos. Júlio quase todo dia acompanhava o andamento do caso para não deixar que caísse numa zona morta. Vai sair, Pedro, sua indenização vai sair — animava o amigo.

Com o passar dos meses, Pedro às vezes chegava a se esquecer da história. De fato saiu, após um ano e tanto — quase dois anos —, uma indenização bem menor do que a solicitada no processo, mas ainda assim um bom dinheiro. O suficiente para Pedro montar sua pequena loja de livros de segunda mão, em sociedade com o Júlio, a quem coube, a título de honorários, uma parcela do dinheiro estipulado na sentença.

E foi o Júlio quem achou, entre as lojas à venda, um imóvel com localização e preço adequados. Indicou-o para o Pedro e cuidou da documentação. Era uma loja que mais parecia um corredor profundo, no térreo de um sobrado de mais de cem anos, numa travessa do centro antigo, onde todas as casas eram tombadas pela prefeitura. A rua era tão estreita que só permitia passar um carro de cada vez. A calçada de um metro e meio, dos dois lados da rua, ainda preservava algumas das grandes pedras de cantaria do calçamento original, talvez colocadas ali por escravos ou ex-escravos.

O térreo do sobrado tinha sido dividido em três imóveis distintos. Cada uma das três portas em arco — rematadas no alto com arabescos formados por floreios nas bonitas grades de ferro — se transformara na entrada de uma loja independente. Cada uma das três lojas tinha um proprietário distinto e uma escritura própria. A primeira era um estabelecimento de apostas: loterias, cavalos, futebol e, mais no fundo, por trás de um tapume com fotos de atrizes e atores da televisão, jogo clandestino. A segunda era uma loja de internet e jogos eletrônicos, com oito computadores dispostos em fila numa das paredes, até o fundo mal iluminado, com ninhos de fios emaranhados nos cantos, junto ao chão. A terceira era a livraria de livros usados, que devido aos contatos de Júlio acabou formando um acervo sobretudo de livros jurídicos. A clientela predominante era de advogados, estudantes de direito, promotores, juízes e procuradores — excêntricos ou maníacos o bastante para se meterem numa rua tão pouco recomendável, onde prostitutas bem maduras ou gordas circulavam durante o dia todo, desde manhã cedo.

Foi um deles, um juiz aposentado recentemente — a quem os advogados muitas vezes consultavam ali mesmo, em voz baixa, a respeito de impasses e encrencas em seus processos —, foi esse juiz que no início daquela tarde puxou, no meio de uma pilha, o livro sobre Darwin, anos antes vendido em bancas de revistas, e comentou: é uma introdução bastante razoável ao assunto. Mas que assunto? Sentado atrás do minúsculo balcão, Pedro reconheceu o livro pela capa — dali mesmo onde estava, de relance. E na mesma hora seu tornozelo, num reflexo, acusou uma pontada de dor.

Nessa altura, onde andaria o João, pensou Pedro. Como estariam suas pernas cheias de cicatrizes, seus ossos compridos e marcados por fraturas e pinos, como dava para ver nas radiografias que os médicos mostravam para os estagiários, erguidas contra a luz da janela — todos eles de branco, postados em redor da cama, cheios de curiosidade. Será que o João tinha encontrado o caminho de volta para seus cavalos, para a fazenda onde trabalhava — quem sabe? E afinal o caminhão também não era uma espécie de animal doméstico que atropela, segue em frente e não pode responder por isso? A quem pedir indenização? O mais insignificante dos animais domésticos. E um ônibus? Quem responde por ele, quem o tirou da garagem e o trouxe para o meio da rua? Quem encheu o ônibus de gente?

O ônibus em que Pedro viajava, sentado junto à janela aberta, estava agora com as luzes do teto acesas. Não todas, não muitas — o motorista não gostava de acender muitas lâmpadas, porque a luz e a claridade internas refletiam no para-brisa e ele achava que isso prejudicava sua visão da rua. Era um exagero, é claro, uma dessas manias, ou quem sabe era mesmo de propósito que apagava as luzes, só para causar um desconforto aos passageiros — criaturas de quem os motoristas tinham sempre muitas queixas, contra quem sentiam um rancor antigo.

Para Pedro, que queria ler e que agora começava a sentir a necessidade de um pouco mais de luz para poder enxergar as linhas, aquilo era uma besteira, uma chatice. Não passava de mais uma irritante cisma do motorista — a luz, a claridade, mais uma coisa que a viagem tomava dos passageiros. A maior parte deles parecia não se importar. Menos ainda quem dormia, e no fim das contas ainda era um privilégio estar sentado, ainda era preciso ser grato por isso. À direita de Pedro, um pouco mais atrás, dois passageiros haviam se acomodado, encolhidos, sentados no chão, na ponta dos degraus da porta traseira, e olhavam sérios para a rua com o rosto virado para os vidros da porta.

Um velho caminhão de refrigerante ou cerveja passou bem rente à janela de Pedro, ultrapassou o ônibus devagar. A carroceria sacudiu no asfalto irregular, enquanto as fivelas soltas dos cinturões que prendiam os engradados balançavam e se chocavam nas ferragens com estalidos metálicos. Não maltrata o João. O João hoje está contente, o almoço vai ser bom — o João já sabe, avisaram lá da cozinha. A cozinheira quer casar com o João, aquela bonitona, aquela bem cheinha. Pedro estava agora de cabeça baixa e se deu conta de que olhava para as letras do livro sem ler nada. Estava parado no mesmo parágrafo, na mesma linha, fazia algum tempo. Talvez não só por causa da iluminação um pouco mais fraca.

Aconteceu que o nervosismo à sua volta havia aumentado um grau e parecia se generalizar. Para Pedro, no primeiro instante, foi algo invisível — devia estar na respiração das pessoas. De um jeito ou de outro, não havia dúvida, tinha acontecido uma coisa importante: a viagem tinha entrado numa fase nova.

Os passageiros pensaram bem, pensaram duas vezes, abriram um mapa de ruas dentro da cabeça, situaram-se naquele novo trajeto do ônibus que foi anunciado, mas ainda não estava muito bem definido. Cada um previu mais ou menos onde teria de saltar e por onde teria de seguir a pé rumo à sua casa. Cada um levava muitos minutos para se localizar, para visualizar travessas e esquinas, para tentar avaliar os riscos e a fadiga — e ainda não haviam terminado essa operação, ainda faziam e refaziam suas estimativas, seus planos. Pedro correu os olhos pelos rostos das pessoas de pé, lado a lado, até a frente do ônibus. Viu feições de resignação, de estupor, de revolta cansada. Mas pelo menos em dois passageiros reconheceu uma fisionomia de susto, ouviu também alguma voz mais estridente, atrás, e confirmou a transformação. Até o motor do ônibus pareceu roncar mais alarmado, os pés do motorista pisavam mais brutos nos pedais.

Uma pequena aglomeração se formou perto do motorista, umas três ou quatro pessoas espremidas na pequena área anterior à roleta. A trocadora, a roleta, o corredor já estreito, e ainda mais espremido com os passageiros que viajavam em pé — tudo impedia que a maior parte dos passageiros aflitos se aproximasse e tomasse informações do motorista. Mas os poucos que se amontoaram ali debatiam, falavam ao mesmo tempo. Um deles, mais descontrolado, virava o rosto para trás e tentava erguer a voz como se pedisse apoio aos passageiros do fundo, que não conseguiam entender, pois ainda por cima alguns deles também falavam entre si.

A certa altura, o motorista pôs o braço bem esticado para fora da janela e abanou devagar, para baixo e para cima, com a palma da mão virada para baixo. Era um gesto dirigido ao motorista de um outro ônibus, um pedido para que ele parasse, ouvisse o que ia dizer. O outro ônibus parou ao lado, abriu a porta da frente e os dois motoristas começaram uma conversa — uma negociação, na verdade. Poucas palavras, quase gritos, por causa do barulho dos motores e da rua. Os dois se conheciam, tinham trabalhado numa outra empresa, anos antes, e de início trocaram uns palavrões frios, xingaram repetidas vezes algum velho conhecido, um gerente, parece, que tinha dado um desfalque na empresa e fugido. E nisso tudo, e no riso rápido que trocaram, se desenrolava uma preparação, para ajustar o tom da conversa.

Aproveitando o trânsito muito lento, os dois veículos tentavam se manter emparelhados à medida que avançavam. Quando o espaço entre eles se alargava, a lataria com a pintura em cores fortes refletia-se um pouco nos vidros das janelas. O motorista do ônibus de Pedro punha a cabeça, o pescoço e quase os ombros para fora a fim de falar e gesticular. Perguntou se o outro ia seguir o itinerário normal e explicou que tinha recebido ordem de desviar o trajeto, não podia ir até lá, até dentro do Tirol, como fazia diariamente, e os passageiros estavam chateados, e com razão, era natural.

O outro coçou a cabeça, a irritação crescia. De início respondeu que não sabia de nada, disse que ia em frente, ia até o fim. Pensou alguns segundos, viu que estava sem saída, bufou e disse que não queria nem saber o que estava acontecendo: era o caminho de sempre, azar, que se danasse todo mundo, ele não ia mudar agora por causa desse bando de malucos. E em conclusão bateu com a mão grande no capô do motor, que trepidou com um som grave.

O motorista do ônibus de Pedro fez uma proposta. Explicou. O outro puxou a orelha, em dúvida, aborrecido. Virou para trás para perguntar a opinião da trocadora. Depois levantou a mão e apontou para os seus passageiros com um gesto vago, como que para mostrar que o ônibus estava cheio — se bem que não estava lotado, na verdade, nada disso — dava para ver, havia espaço, dava ainda para espremer bastante.

Tudo isso Pedro podia mais ou menos acompanhar ou deduzir pela sua janela e por cima da cabeça dos passageiros sentados à sua frente, porque seu banco era um pouco mais alto, ficava em cima das rodas traseiras. A notícia passou de um passageiro para o outro, a partir da frente, onde ficava o motorista — percorreu o ônibus até chegar ao segundo eixo, na parte de trás, onde Pedro estava sentado.

Os dois motoristas tentavam acertar os detalhes do acordo, era visível, uma solução de emergência, um socorro, um salvamento. Num ponto mais adiante, num ponto onde era certo não haver fiscais de nenhuma das duas empresas, os passageiros do ônibus de Pedro que quisessem arriscar, para poderem saltar mais perto de casa, poderiam passar para o outro ônibus. Fariam uma baldeação informal, não teriam de pagar outra passagem, entrariam pela porta de trás e pronto.

Muito bem, era uma ideia, mas que ônibus era aquele? Não pertencia às linhas que vinham do centro, nem sequer era uma linha regular: só circulava de manhã cedo e no fim da tarde, pelo que disseram, e só nos dias de semana. Era uma linha especial, recente, eventual, adaptada de uma outra linha, essa sim regular.

As pessoas olhavam, não tinham certeza do trajeto e imaginavam que na certa o ônibus não chegaria a entrar muito pelas ruas do Tirol e nem mesmo nas ruas da Várzea. Apesar de tudo — alegou o motorista, e alguns passageiros confirmaram, ou acreditaram nele —, apesar de tudo, o itinerário talvez permitisse que algumas pessoas saltassem mais perto de casa, conforme o endereço de cada um. Pelo menos saltariam mais perto do que se ficassem ali, no ônibus em que estavam, isso era seguro, já era uma ajuda, melhor do que nada — e nada era só o que eles tinham.

Tratava-se então de escolher, de calcular a distância, de estimar os apuros de cada caminho, de traçar uma estratégia, por mais precária que fosse — melhor do que nada. Afinal, na hora em que chegassem lá, já estaria de noite, talvez não houvesse luz na rua, os transformadores podiam ter sido incendiados ou destruídos por tiros de fuzil. Isso acontecia, não chegava a ser raro, era mesmo o mais provável nas circunstâncias. Quando se andava no escuro, uma distância mais curta era quase sempre preferível a uma longa — isso se o ônibus pudesse entrar lá, o que não se podia garantir. Mas, dependendo do lugar — escuro ou claro, tanto faz —, a distância mais curta podia ser também a mais perigosa. Dependia, tudo dependia.

De todo jeito, ficou evidente logo de saída que todos iam viajar mais apertados no novo ônibus. E pior — isso era grave, isso era o que ia acontecer agora —, quem até aquele ponto estava indo sentado, dali para a frente também ia ter de viajar em pé. Mas nem todos os passageiros iam para o Tirol. E nem todos aqueles que iam saltar no Tirol preferiam o trajeto do outro ônibus — não convinha a todos. Eles iam escolher, eles iam agora se dividir.

Pedro estava sentado. Pedro ia para o coração do Tirol. O transtorno portanto o afetou em cheio, pois sua decisão foi seguir a maioria e passar para o novo ônibus, embora não soubesse com segurança se era a melhor opção. Já os que tinham viajado de pé até ali e iam continuar no mesmo ônibus ficaram logo ansiosos, olharam para os lados, animaram-se visivelmente com a chance rara, ou até impossível, de concluir sentados a longa viagem diária. Em troca, aquilo trazia uma irritação a mais para os que iam descer e fazer a baldeação — mais pragas e mais palavrões desfeitos entre dentes —, quase todos já cansados demais para puxar a voz para fora da garganta.

Os dois ônibus pararam um pouco adiante de um ponto onde não havia calçada propriamente dita, só lama seca e um capim meio chamuscado, que se interrompia, abrupto, na beirada do asfalto. Ali, bem no cantinho, o asfalto formara uma dobra muito saliente: o piche quente de sol tinha esfriado e endurecido num formato de marola, na margem da pista. Os dois ônibus pararam quase embaixo de uma passarela de pedestres toda feita de placas de aço unidas com milhares de rebites e um tanto enferrujadas. Junto à escada de acesso havia uma barraquinha feita de tábuas pregadas, a essa hora já iluminada por dentro graças a uma lâmpada presa num fio comprido amarrado à passarela lá em cima, de onde a energia era desviada.

Ali dentro, uma mulher vendia pacotes de biscoitos, paçoca, balas, bananada, mate e refrigerante em latinhas e em copinhos de plástico fechados, guardados no gelo, dentro de uma caixa de isopor apoiada sobre a terra e toda envolvida em tiras de fita adesiva, para não romper. O gelo tinha derretido àquela altura da tarde, só restava no fundo uma água meio turva, meio grossa, mas ainda fresca. Tinha vazado um pouco por algum furo ou rachadura e uma poça enlameada se espalhava embaixo da caixa de isopor.

As portas de trás dos dois ônibus se abriram, uma de cada vez, com um chiado e um estalo. Os passageiros do ônibus de Pedro começaram a descer a escadinha, um de cada vez. Os homens mais jovens, em geral, logo tomavam a frente na esperança de conseguir um lugar melhor. Embora soubessem que no outro ônibus não havia assentos livres, eles sempre tinham os seus lugares prediletos, mesmo quando viajavam de pé. Mal saíam pela porta, logo avançavam um depois do outro pisando meio trôpegos nos buracos de lama ressecada, rumo ao ônibus da frente.

Dois passageiros desviaram-se para comprar um refresco na barraquinha. A mulher meteu a mão na água fria do isopor, pegou dois copinhos lacrados com uma folha metalizada, enxugou com um paninho encardido e entregou para eles. Em seguida, na hora de dar o troco, foi catar moedas dentro de um copinho de plástico vazio. É, parece que não está entrando ônibus no Tirol, não, disse ela. Pelo visto, a notícia estava se espalhando.

Em resposta, os dois fizeram breves caretas e balançaram a cabeça, como se cada um soubesse muito bem o que o outro sabia — como se fosse uma coisa tão sabida e eles estivessem tão fartos de saber que nem valia a pena reclamar: a questão era andar, era só ir em frente, ir para lá de uma vez e pronto. Os dois passageiros voltaram depressa para junto dos outros, beberam o mate todo em grandes goles no caminho e, logo depois de entrar no ônibus, jogaram os copos vazios pela janela — a primeira janela, a mais próxima à porta da frente. Os copos voaram lá de cima numa curva e, ao bater com o fundo no asfalto, cada copo emitiu uma nota bem aguda, antes de rolarem os dois para a beira do capim.

Ainda dentro do primeiro ônibus, ainda sentado, Pedro tirou do colo a mochila de pano enfeitada com uma correntinha habilmente feita de tampinhas de lata de cerveja ou refrigerante e devolveu para o rapaz, que estendeu o braço para receber a mochila. Depois Pedro pegou a sacola com o telefone e uns fios embolados e entregou para a mulher, que já estava sendo meio empurrada na direção da porta de trás pelas pessoas que saíam, e assim teve de esticar o braço para pegar a bolsa que Pedro lhe devolveu.

Em seguida, Pedro guardou dentro da sua mochila o livro sobre Darwin, com rabiscos de uma criança em algumas páginas, e se levantou, ao mesmo tempo que pendurava a mochila nos ombros — não nas costas, mas sim voltada para a frente, no peito — por um hábito, um gesto já quase mecânico, para evitar os ladrões. O tornozelo doeu quando ele ficou de pé — a velha ferida que não fechava por dentro da pele. Pedro esticou o braço, agarrou o tubo de metal no teto para se equilibrar e foi avançando aos poucos na direção da porta de trás. Era espremido pelos passageiros que iam ficar no ônibus e seguir viagem e também pelos que, a todo custo, queriam descer antes dos outros, e por isso o empurravam, mas aos poucos, sem exagero.

O motorista, depois de encostar o ônibus na calçada e parar, puxou o freio de mão, deixou o motor ligado em ponto morto, levantou da cadeira e desceu pela porta da frente. Mas antes baixou a bainha da calça, que estava arregaçada até quase o joelho. Era um costume antigo. Dirigia muitas vezes assim por causa do calor do motor, que apesar de todos os cuidados da oficina escapava por baixo do capô, bem ao lado de seus tornozelos. Mas podia não ser tanto por isso, talvez tivesse alguma alergia na pele, ou quem sabe ele achava naquilo alguma graça, algum charme, ou vai ver tinha um valor pessoal, porque havia aprendido aquilo com alguém muito tempo antes, alguém que ele admirava. O fato é que só baixava a bainha da calça e se ajeitava quando aparecia um fiscal da empresa. Saiu pela porta bufando a abanando a cara com uma toalhinha. Andou devagar pela calçada, esticando os braços, os ombros. Contornou o outro ônibus pela frente, parou de pé embaixo da janela do motorista e, enquanto enxugava as mãos e a testa na toalhinha, que enfiava na cintura e logo depois pegava outra vez, trocou umas palavras com o colega.

Pedro, ainda dentro do seu ônibus, à espera da sua vez de descer, gostaria de poder acompanhar a conversa, mesmo de longe. Mais do que ninguém, era daqueles homens, dos motoristas, que havia de vir alguma informação útil, por menor que fosse, pensou. Mas Pedro não estava bem localizado e não podia, dali, perceber grande coisa. Observou — e achou isso interessante — que os motoristas agiam como se fossem ou como se considerassem a si mesmos responsáveis pelos passageiros. Ao mesmo tempo rogavam pragas contra todos, contra tudo, xingavam a esmo, como se os passageiros fossem os culpados — por que não andavam de táxi? — e reclamavam que toda aquela história só servia para atrasar a vida deles, o seu dia. Não viam a hora de chegar em casa, esticar as pernas no sofá, ver televisão, encher o prato e comer, comer muito — e eram enfáticos neste ponto: jantar, comer. Mas tudo isso, todo o alarde, pareceu a Pedro meio que uma encenação.

Já do lado de fora, diante da porta de trás do ônibus em que ia entrar, Pedro cedeu a vez para uma mulher gorda, de cabelos alisados e grossos. Os fios, na altura da nuca, grudavam uns nos outros em pontas duras, brilhantes, voltadas para baixo. Ela subiu a escadinha com dificuldade. As pernas contornadas por volumes de gordura venceram um degrau de cada vez — degraus muito altos para o comprimento das pernas. Carregava uma sacola plástica de aspecto pesado na mão esquerda e com a direita se agarrava ao balaústre para içar o corpo. Balançava-se para um lado e outro, numa ondulação larga, difícil.

Dava para perceber que ela abafava na boca uns gemidos misturados com risinhos resignados, simpáticos, enquanto atrás de Pedro um rapaz forte rosnava que já não bastava levar a vida toda para voltar para casa, depois de ter passado o dia inteiro quebrando a marretadas os azulejos, o cimento duro e os tijolos velhos de uma cozinha, serrando canos enferrujados para substituir por novos — não bastava ficar com aquele cheiro de pó de entulho entranhado na pele, no cabelo, nas unhas, um cheiro que não largava nem com dois banhos e sabonete — e ainda por cima tendo de aturar a dona do apartamento que, de meia em meia hora, entrava na cozinha com cara de louca e berrava os maiores absurdos com ele e com seu colega. Além de tudo isso, na hora de voltar, de poder descansar, agora nem sabia mais por que caminho e de que jeito ia chegar à sua casa. De fato, depois que o novo ônibus começou a andar, ficou só um pouco mais claro qual seria o trajeto e, dali a pouco, rodou entre os passageiros o nome de um lugar, de uma praça — a praça da Bigorna.

Uns conheciam, outros não. Pedro não tinha a menor ideia. Nem chegava a ser uma praça na verdade — tinha sido uma praça anos antes, bem no início — disse alguém. Depois começaram a construir umas barraquinhas, mais tarde ergueram casas de alvenaria nas beiradas e o terreno foi ocupado quase pela metade, por lojinhas e residências. Restou livre um semicírculo, a partir do que tinha sido o centro da praça, ali onde havia uma bigorna de concreto em cima de um pedestal de pedra, com um relógio grande no meio, feito de metal, o mostrador meio inclinado para cima, para o céu — um relógio com algarismos romanos, sinais que a maioria nem compreendia, parado e na verdade sem ponteiros havia muitos anos.

Um homem gordo, de uns vinte e dois anos de idade, com muitas espinhas na cara e uma papada com uma dobra no meio, vestido numa camiseta branca bem limpa e com um pequeno brinco de argola dourada na orelha, um homem que já estava naquele ônibus desde antes e que por isso viajava sentado no banco da janela logo atrás da trocadora, levantou a cabeça, levantou um pouco a voz e disse lentamente, para que não houvesse dúvida, num tom de evidente satisfação com o que ele mesmo dizia — anunciou que naquela praça, uns dois anos antes, tinham feito uma barricada de pneus, lixo e um carro virado, e tinham ateado fogo em tudo. Depois, durante meia hora, jogaram pedras nos bombeiros, pedras e paus, alguém deu até uns tiros para impedir que os bombeiros chegassem lá e apagassem as chamas. Uma parte da bigorna estava escura, preta de fuligem até hoje, dava para ver, eles iam ver quando passassem por lá.

Pedro estava em pé, mais ou menos no meio do ônibus. Nem chegou a se admirar ao ver que, assim como ele, várias pessoas pareciam não ter a menor ideia de onde ficava a tal praça da Bigorna. Já havia notado que muitos moradores da região não conheciam as localidades do próprio bairro, como seria de esperar — mesmo quando moravam ali havia muitos anos. E nem era uma área tão vasta assim, longe disso.

Mas Pedro, com o tempo e com a repetição dos finais de semana que passava na casa de Rosane, não pôde deixar de observar em muitos moradores a tendência, ou quem sabe a regra, de não cruzar certos limites, de considerar-se estranhos a certos lugares e também estranhos e até hostis às pessoas que residiam nesses lugares. Uma opção de não conhecer, de não querer saber — ou vai ver não tinham mesmo outra escolha senão tentar confirmar todo dia o que eram e onde estavam, no esforço de garantir o seu lugar, o lugar que tinham, ainda que ao preço de encurtar ao máximo a linha do horizonte.

Afinal, qual o problema da praça da Bigorna? O que importava se tinha mancha de fuligem? Toda noite de sexta-feira e sábado, no Tirol, Pedro via fogueiras em algumas esquinas — fogueiras feitas com pedaços de caixotes, retalhos de papelão, restos do estofamento de sofás ou poltronas, embalagens e trapos de todo tipo. Havia manchas de fuligem demais, por toda parte — no asfalto, na calçada, nos postes, nos muros. Fuligem, cinzas e também crostas de plástico derretido que de manhã se viam coladas no chão. Sem falar no cheiro de queimado que ia e voltava o tempo todo e que qualquer pessoa que andava por ali sentia. As ruazinhas tinham pouca iluminação. No escuro, as fogueiras irradiavam seu clarão com mais força. Podiam ser uma brincadeira de meninos e meninas, podiam ser sinais entre os grupos que vendiam e compravam drogas ou proteção, podiam não ser nada.

Pensando bem — e Pedro, de pé, mais ou menos no meio do ônibus, com a mão direita bem segura ao tubo de metal aparafusado ao encosto de um banco enquanto a mão esquerda abraçava a mochila contra a barriga e os pés se apoiavam num espaço estreito do chão de ferro — o chão pegajoso por causa dos respingos de um refrigerante ou sorvete —, um espaço de poucos centímetros quadrados, o que obrigava os pés a ficarem muito próximos e não permitia muito equilíbrio quando o ônibus freava ou avançava de repente e obrigava Pedro a segurar-se com mais força no tubo de metal e às vezes também o obrigava a escorar-se no lado do corpo de uma jovem parruda à sua direita, a qual, em vez de se irritar, achava aquilo engraçado e ria baixinho, talvez porque Pedro parecesse muito leve para ela — pensando bem —, Pedro pensou — o fogo das fogueiras, da praça da Bigorna ou do que fosse, o fogo, qualquer fogo, vinha bem a calhar. Brincadeira ou sinal, Pedro via como aquelas fogueiras se destacavam com firmeza do cenário em redor. Percebia como as fogueiras escavavam à força, no escuro, um lugar próprio, criavam uma dimensão que era só sua, única, onde tinham a primazia, onde falavam mais alto.

Nos vultos esparsos de crianças, adolescentes ou adultos em volta do fogo, em seus movimentos vagarosos, sem atenção, sem propósito, mas insistentes, como se não conseguissem afastar-se dali, Pedro começou a notar os traços de uma espécie de culto noturno, ancestral. Traços de uma adoração espontânea e desinteressada. Coisa rápida, a mais simples possível, sem alcance além daqueles minutos e daqueles poucos metros. Tratava-se, quem sabe, de uma espécie de identificação, de uma assimilação momentânea, entre eles e o fogo.

Obediente, o fogo atendia a um chamado. No mesmo instante surgia em pleno ar uma energia concentrada, viva, que eles acreditavam poder controlar, pelo menos até certo ponto, pelo menos em certas condições. Uma energia extraída do lixo, dos restos, daquilo que ninguém quer ou precisa, mas que para ela mesma tem grande proveito — um calor que força o limite do suportável, que avança por cima de si mesmo, que se consome depressa demais, que não se acanha em levar embora e arrastar consigo, para as cinzas, qualquer coisa que cair em suas mãos. Tinha a cara, o aspecto muito familiar de uma alegria — uma alegria que só quer saber de aumentar, só pensa em se expandir, e que também convida, chama, acena com uma promessa, com uma troca talvez vantajosa, e aponta um caminho.

De todo jeito, o fogo era uma coisa que não devia estar ali, não pertencia a este mundo, pensava Pedro, o mundo da cidade. E ele achava esquisito pensar assim, ainda se surpreendia ao ver uma fogueira na rua. As fogueiras acesas sobre o asfalto ou na beira da calçada deviam provir de um outro tempo, coisa antiga, alheia. O fogo se aproveitava de alguma brecha, de algum ponto incompleto do tempo atual e se infiltrava por essa falha, irrompia com força, perturbava, buscava aliados para poder voltar com plenos direitos e se estabelecer, de uma vez por todas, no lugar que queria ter como seu.

Onde Pedro morava e sempre havia morado, e também onde Júlio morava e lá onde trabalhava, no centro da cidade, por exemplo, não havia essas fogueiras. Ninguém, muito menos crianças, acendia fogo assim à toa na rua, para ficar olhando — chamas altas, alaranjadas — um olho sempre aceso e aberto, e voltado para eles, um olho que cresce no meio do caminho, no meio da rua, um olho que quer e exige ser olhado de frente

Rosane, numa noite de sexta-feira, ao voltar do pequeno supermercado para casa junto com Pedro, explicou que um dos meninos que eles viram perto de uma fogueira não sabia contar os dedos da mão. Não sabia nem quantos anos tinha. É sim, não acredita? Pergunte para ele você mesmo, você vai ver. Já falei com um que nem sabia dizer direito os dias da semana.

Sem camisa, descalços, só de bermuda, cabeça raspada, alguns meninos não sabiam distinguir o valor das notas e das moedas nem pelas figuras estampadas e, para fazer os negócios perigosos que os adultos ou os adolescentes confiavam a eles nas ruas e nos becos, às vezes vinham perguntar a Rosane, pedir sua ajuda. Desembolavam as cédulas diante dela, sobre a pele rosada da palma da mão pequena, entre os dedos abertos. O papel das notas sempre cheio de rugas, a tinta de impressão às vezes chegava a estar quase gasta nas marcas onde a nota tinha sido espremida com força entre os dedos suados. E, uma vez aberta, desdobrada a nota, dali de dentro daquela espécie de planta murcha quase sempre exalava um odor azedo, curtido, parecido com um fedor de carniça, um cheiro chupado de muitas mãos, de muitos poros, um cheiro que só o dinheiro tinha e bafejava no ar o tempo todo.

Pistola, revólver, até um fuzil Rosane já tinha visto nas mãos de alguns daqueles meninos — ela contava. Não era comum, não era todo dia nem toda hora, mas numa noite de sexta-feira, enquanto Pedro vinha com ela e puxava o carrinho de duas rodas, feito de arames de alumínio e cheio de compras quase até em cima, Rosane viu sentado na beira da rua, a uns cinco passos de uma fogueira, um menino de uns dez anos. Tinha a mão enrolada por uma atadura meio suja de terra, com a ponta vermelha e uma parte da gaze branca já começando a soltar fiapos. Tinha uma testa estranha, muito saliente, o que deixava os seus olhos um pouco escondidos embaixo das sobrancelhas. Por meio de palavras que Pedro nem sempre conseguia entender e que Rosane depois traduziu, o menino contou que tinha fugido do hospital naquele dia.

Contou que uns dias antes — cinco, dez, ele não sabia — ele estava sentado ali mesmo, na beira da calçada, com uma espécie de fuzil pequeno, fabricado na oficina improvisada de um armeiro com pedaços de outras armas e até peças adaptadas de outros objetos. Estava com a arma em pé, apontada para cima, entre as pernas meio abertas — assim, olha — e para mostrar, ergueu, no espaço entre as pernas miúdas, a mão livre e também a mão enrolada na atadura, segurando o vazio, o ar, na posição em que, dias antes, tinha segurado a arma. Aconteceu naquele dia de ele querer mostrar a um outro garoto como se carregava o pente de balas naquele fuzil engraçado, meio diferente.

O menino até agora não entendia ou não conseguia explicar o que tinha ocorrido. Só sabia dizer que de repente o fuzil disparou e, depois da explosão, depois de um calor na cara que chamuscou suas pestanas e suas sobrancelhas e depois de alguns segundos às cegas e entontecido, ele sentiu um cheiro ardido comer seu nariz por dentro e, por último, viu que tinha perdido três dedos da mão direita. Ergueu a mão enfaixada e mostrou para Rosane.

Pedro, escorando na coxa o carrinho de compras de duas rodas para ele não inclinar e tombar por causa de um buraco na calçada, notou que naquele relato feito às pressas, sem susto, sem ênfase, havia uma coisa estranha. Havia algo que chamou sua atenção com mais força do que o tiro, com mais urgência do que o ferimento e que os dedos. Pelo rosto, pela respiração, pela voz, Pedro entendeu que, para o menino, o que havia ocorrido três ou cinco dias antes parecia não ser nada: ele não tinha sido atingido pelo tiro, não houve tiro nenhum e ele não tinha perdido nada — os dedos não eram nada, aqueles dez dias não eram nada, assim como a rua toda não era nada, assim como as casas em volta — e o que mais?

Os cantos dos olhos do garoto estavam vermelhos, pareciam inflamados. Pela narina, começava escorrer a ponta de uma secreção esbranquiçada. O clarão da fogueira de vez em quando rebatia com mais força no rosto e no peito do garoto. Por um instante a pele nua brilhava cor de brasa, depois escurecia de novo. O menino falava e olhava para eles rápido, meio por alto, mas ainda com uma espécie de apelo, de brandura, como quem espera e pede aprovação, aplauso. Não acham isso bom? E Pedro via muito bem: o menino não ia parar, não ia sossegar. Ele ia bater e sacudir para todos os lados tudo aquilo que, por acaso, estivesse ao seu alcance.

O bom mesmo, explicou o garoto, foi ter fugido do hospital, onde queriam que ele ficasse parado numa cama e viviam lhe dando broncas e injeções por dentro de um tubo enfiado no braço. Pelo menos serviram bastante comida. Só que não queriam deixar que ele comesse com a mão e que catasse a comida no prato com os dedos, como ele preferia fazer. E agora, então, com a mão direita toda enfaixada... Doía no braço, por dentro, havia ali uma dor, está certo, o menino sabia, tinha de admitir — de vez em quando contraía o nariz, franzia os olhos, fazia uma careta rápida. Alguma dúvida, então, passava por ele. Mas, num esforço, logo se refazia e, com o nariz levantado, as narinas abertas, deixava claro: nem para isso ele ligava. Não era da sua conta. Se doía, doía à toa: não era nada.

Muito rápido, uns dois minutos, três no máximo — Rosane sabia que não convinha ficar ali na rua conversando com o menino mais tempo. Meteu a mão no carrinho de compras, pegou um pacote de biscoito e deu para ele. Mesmo assim, bastaram aqueles minutos para Pedro. Depois, na sua memória, o intervalo pareceu mais longo. Quando entrou com o carrinho de compras na casa de Rosane e o puxou com as duas mãos firmes para as rodas subirem devagar os dois degraus de concreto cheios de rachaduras, na porta de entrada, Pedro tinha no pensamento a figura bem desenhada do menino: uns vinte e sete, trinta quilos, no máximo, as costelas visíveis embaixo da pele esticada do tórax, músculos redondos nos ombros estreitos, pulsos finos, de aspecto quase quebradiço, e uns movimentos que queriam ser largos, uns gestos sedentos de chegar longe, uma voz que se esticava aos saltos, voz e gestos que não sabiam a que se prender.

Por um segundo, Pedro desconfiou que pensava e realçava

tudo isso para não pensar no acidente. Por um segundo, chegou a admitir que empurrava para longe a lembrança do ferimento e a previsão de suas consequências para o garoto. Reconheceu que sua vontade era isolar, neutralizar de algum modo aquela notícia, aquela ideia, que no entanto continuava na sua frente. Pedro parecia ter medo de que pensar nos dedos do menino terminasse por ser o mesmo que arrancá-los mais uma vez — pensar no tiro seria dar mais um tiro — e ele previa e temia o estampido, a explosão, as sobrancelhas chamuscadas.

Pedro estacionou o carrinho de compras junto à porta da cozinha e começou a retirar os sacos plásticos cheios de mercadorias. Remexidos nas suas mãos, os sacos teimavam em emitir um barulho estridente, um chiado semelhante ao de água e de uma chuva forte, um som tão alto que enchia a cozinha inteira, ressoava nas paredes ladrilhadas e em certos momentos encobria as vozes dos dois — dele e de Rosane. Um a um, retirou todos os produtos dos sacos e entregou para Rosane.

Ela guardou alguns nas duas prateleiras do armário sem portas que ficava embaixo da pia, pôs outros dentro da geladeira que, toda vez que era aberta, lançava uma luz amarela no chão e na parede da cozinha — pôs outras mercadorias em cima da geladeira e as últimas numa prateleira feita de azulejos velhos, junto ao tanque, na área minúscula onde lavava a roupa. Rosane separou também o papel higiênico para depois guardar no banheiro. Havia bananas, laranjas, havia leite numa garrafa de plástico com a palavra "saúde" estampada. Havia repelente de mosquito, uma ratoeira e pregadores de roupa. Um pacote de biscoito, em cores brilhantes demais e com um nome em inglês, tinha a foto da cara de uma mulher sorrindo, com imensos dentes de louça.

Nos corredores do supermercado, entre as prateleiras onde as mercadorias se apertavam até a beirada, até quase pular para a mão das pessoas, Pedro não cansava de se admirar com a transformação que ocorria em Rosane. Ao entrar, ela tomava uma espécie de impulso, tomava um fôlego, reunia forças e se concentrava. Os olhos ganhavam uma fixidez diferente. Tudo o mais se apagava para ela. Empinava o pescoço, o corpo crescia um pouco, ora pisava cautelosa num rumo vago, ora investia certeira — a exemplo de todas as outras pessoas ali dentro, como Pedro passou a observar, pois todos faziam o mesmo. Na certa, tinha sido sempre assim, com todo mundo, em qualquer supermercado: ele é que não percebia.

Na verdade, os produtos distraíam Pedro em sua profusão de nomes, feição, utilidade. Uma espécie de desfile, de exposição (talvez porque em sua casa não era ele, em geral, que ia ao supermercado e fazia as compras, mas sim a mãe). Já Rosane se movimentava guiada por um olhar atento, rigoroso, quase enciumado de seus objetivos e resultados. Era visível que ela mobilizava os conhecimentos adquiridos em muitas idas ao supermercado, em numerosas ocasiões de compra. Acreditava distinguir vantagens, descobrir oportunidades onde Pedro enxergava apenas um tumulto indiferente, e onde outros — também em busca de vantagens, mas pelo visto menos sagazes do que ela — não as percebiam. Pedro notava como Rosane se orgulhava daquelas façanhas minúsculas: frações de preço ou de peso às vezes tão ínfimas que pareciam depender sobretudo de uma questão de fé.

E era mesmo assim: acreditar era possuir — acreditar era ganhar —, ou seria só isso, e tão simples, caso aquelas compras de sexta-feira não significassem tanto para Rosane, para seu pai, para a casa deles. Pedro ficava lá no fim de semana. Achou razoável, achou normal comprar alguns mantimentos, dar uma ajuda, digamos. Assim fez quase desde o início. Começou quando levou Rosane para casa numa sexta-feira, como já tinha feito algumas vezes. Entrou e daquela vez demorou mais tempo com ela, e quando viu já era bem tarde. A volta de ônibus seria complicada àquela hora, talvez impossível. Dormiu lá — pai, tia, ninguém se opunha, Rosane explicou.

A cama de solteira de Rosane era larga — dava bem para dois magros e baixos. Feita de um aglomerado de serragem e cola revestido com folhas de fórmica branca já lascadas nos cantos, a cama tinha o colchão coberto por uma colcha limpa, de bordas franzidas, que pendiam nas beiradas a toda volta, enfeitada com desenhos alegres, até um pouco infantis, em tons fortes de violeta — a mesma cor de duas bonequinhas de pano, visivelmente antigas, já puídas e remendadas, que Rosane deixava sentadas em posições simétricas sobre o travesseiro.

Por dentro da porta do armário um pouco empenada e que por isso nunca fechava direito e às vezes se abria sozinha no meio da noite com um leve rangido, havia um pedaço de cartolina plastificada, pendurado numa tachinha, com a frase "Traga um sorriso e leve um amigo", em letras bem desenhadas. Ao lado, quatro tachinhas prendiam uma foto meio apagada da família de Rosane. Ela aparecia ali ainda bem criança, no colo da mãe, sentada em frente à casa — aquela mesma casa, mas com as paredes estranhamente claras, limpas, e o espaço em volta mais arejado. O colchão meio endurecido tinha um buraco no lado em que Pedro deitou e assim, ainda durante a primeira noite, passou pela sua cabeça a ideia de comprar um colchão novo e dar para ela, colocar ali.

Quando acordaram de manhã, o pai de Rosane já tinha saído. A tia estava sentada à mesa do café da manhã. Catava migalhas de pão de fôrma espalhadas sobre a toalha de plástico e colocava dentro da boca, bem devagar. A cada migalha, sua língua vinha um pouco para fora. O nariz se encolhia no rosto mole, se achatava, mais redondo, toda vez que ela abria a boca para receber uma migalha. Na frente da tia, ao lado de uma caneca de louça com o escudo de um time de futebol, estava uma cartela de comprimidos meio amassada — os três primeiros invólucros de plástico já rompidos e vazios.

Deu bom-dia para a sobrinha e para Pedro, que já a conhecia havia algum tempo e que lhe ofereceu a mão. Mas ela não apertou, ofereceu só o pulso e, risonha, deu a entender que sua mão estava suja, lambuzada talvez de margarina. Acenou com a cabeça para ele sentar. Na mesa havia pão de fôrma branco dentro de um saco plástico — a palavra "vitamina" em letras de festa, saltitantes. Havia meio tablete de margarina num pires de plástico antigo, já com umas finas rachaduras marrons. Açúcar branco dentro de um pote de louça sem tampa. Leite e café no fogão, em bules de alumínio um pouco escurecidos na base. Duas moscas rodavam no ar, não se aproximavam da mesa e às vezes cintilavam num reflexo rápido ao cruzar uma faixa de sol que cortava o ar da cozinha.

Vai ter de comprar algumas coisas depois, disse a tia para Rosane, com sua voz áspera, difícil, que parecia soprar de trás da pele do peito. A ideia de fazer compras com Rosane, e de pagar, veio a Pedro no mesmo passo automático da fome e do sono. Assim como veio a ideia de comprar o colchão, enquanto quase dormia, ouvindo a respiração de Rosane voar entre as paredes do quarto de teto muito baixo, de telhas visíveis, no alto. Durante a noite, um mosquito de vez em quando teimava em zunir no escuro, em algum ponto perto da cabeça de Pedro — o zumbido aumentava e diminuía, ia e vinha, mas nunca ao alcance da mão, que Pedro fazia estalar contra a própria orelha.

Rosane, na noite anterior, mostrou-se na verdade tão contente com a ideia de Pedro dormir ali que ele, que não contava com isso, não teve outro jeito senão pensar que devia fazer o mesmo no dia seguinte e também nos próximos finais de semana. Não pôde deixar de pensar que em pouco tempo aquilo —

dormir e fazer compras com ela — havia de se transformar num hábito, numa rotina necessária. Mas ninguém sugeriu isso, assim como ninguém lhe pediu nada — bem ao contrário. No supermercado, Rosane começou a pôr no carrinho alguns artigos, bem poucos, contados, medidos, só os mais baratos, e quando Pedro acrescentou mais alguns por conta própria, dobrando a quantidade, e Rosane olhou para ele com ar de dúvida, desconfiada, com ar de querer perguntar, Pedro explicou: não precisava se preocupar, ele ia pagar, estava com dinheiro.

Rosane chegou a começar um protesto, contraiu um pouco as sobrancelhas. Mas logo parou. Pensou junto com Pedro: nenhum dos dois trabalhava no sábado, tinham pouco ou nenhum tempo para ficar juntos nos dias úteis, era melhor ficar de uma vez ali mesmo, na sua casa, no fim de semana. Assim Pedro ainda economizava, por não ter de pagar o motel de costume e a passagem de ida e volta. Era mais ou menos o mesmo valor que ia gastar nas compras no supermercado.

Ao contrário da mãe de Pedro, que não via Rosane com bons olhos e dava a entender que considerava o filho digno de companhia melhor, o pai de Rosane não se importava com a presença de Pedro em casa. Na verdade, era muito melhor do que sua filha ficar na rua de noite. Afinal a filha já estava bastante crescida, trabalhava e pagava algumas despesas domésticas já fazia um bom tempo, desde os quinze anos, mais ou menos. Pedro fazia também umas boas compras, e tudo isso pesava. Mas nem tanto, ou pelo menos não era o decisivo, como Pedro logo concluiu.

Em geral, o pai de Rosane olhava para ele com uma certa reserva, com uma curiosidade reprimida, mas no fundo hospitaleira — como se Pedro fosse alguém que vinha de longe, de um outro país. Ao mesmo tempo, o pai de Rosane fazia questão de tratá-lo com o ar de quem diz: eu conheço gente feito você, sei muito bem como são as pessoas lá de onde você veio. Ainda assim, não conseguia disfarçar um interesse diferente, uma espécie de surpresa, ou meia surpresa, com que encarava Pedro, seus movimentos, sua presença ali. Além disso, o fato de Pedro ser tão pacífico, discreto, quase não ocupar espaço nenhum e não pedir nada, nem a atenção de ninguém, inspirava nele uma simpatia que às vezes podia beirar a afeição.

Era um homem alto, de costas largas, a barriga esticava só para a frente a camiseta de malha. Careca em cima, cabelo grisalho, curto e bem cerrado nas têmporas, formando um arco por cima das orelhas grandes. Tinha no geral um jeito manso, de quem reprimia alguma coisa no corpo volumoso. Havia trabalhado em obras, em algumas construções importantes da cidade, durante quase vinte anos, desde que ele e a esposa foram morar no Tirol. Até que um dia surgiram umas irritações em seus pés, abriram-se umas feridas que formaram buracos feios e cada vez mais fundos.

Pelo visto, aconteceu que de tanto trabalhar descalço, sem luvas, ele pegou uma alergia ao cimento cru, ou quem sabe a algum componente do cimento. Não importa, tanto faz, nenhum médico sabia dizer, davam nomes diferentes, esquisitos. Uma alergia tão violenta que nem precisava encostar no cimento: bastava chegar perto, bastava um bafo de ar polvilhar um cisco a alguns centímetros da sua perna, ou mesmo do seu braço, e logo vinham os pruridos, as supurações, e a pele dos pés e das canelas ardia em fogo.

Dali para a frente não adiantou trabalhar de botas de borracha, mesmo de cano alto até quase os joelhos e com meia por baixo. Não adiantou cobrir o nariz e a boca com aquelas máscaras de cirurgião, ele explicou para Pedro um dia. Tentou muitas vezes, experimentou tudo o que pôde, até os passes de um médico espírita ele pagou. Estava no cheiro, vinha num gás, quem sabe, ou mesmo no brilho, no reflexo do cimento, vai ver era uma espécie de onda que irradiava daquele pó, corria rente ao chão, era uma vibração que atravessava tudo e depois entranhava na pele.

O cimento até então era o seu trabalho, era o seu dia — obediente na mistura, dócil no tempo de dar a liga, o cimento era sempre o mesmo, não mudava, era o seu salário, o seu patrão. Estava por trás de tudo, por baixo de tudo, e era na direção do cimento que seus braços compridos se moviam: armar o pequeno lago de água limpa no alto do montinho de cimento e areia, depois misturar tudo com aquela água, em golpes medidos de uma enxada ou pá, e por último, com a ajuda da pá, encher os baldes ou os carrinhos de mão com a massa úmida, pesada — às vezes, numa sombra de irritação, num cansaço antecipado, ele já acordava pensando naquilo, sentia até o cheiro: na hora em que pegava o açúcar na colher para pôr dentro da caneca de café com leite, adivinhava no ouvido o chiado da lâmina da pá ao ser enfiada no monte de areia.

Contou isso para Pedro, um dia — os dois sentados no sofá muito mole, de estofamento puído, ele com os pés apoiados sobre um banco de madeira nua para as pernas não incharem —, diante da televisão, com a imagem um pouco ruim, quando apareceu o anúncio de um shopping em cuja construção ele havia trabalhado, num terreno que na época não passava de um capinzal habitado por sapos e cobras. Contou que, quando veio a alergia e quando as proteções, os cuidados e os remédios foram sendo derrotados um a um, e quando ficou mais do que claro que ele não poderia mais trabalhar, ficou à beira do desespero. Ainda se lembrava de uma noite inteira que passou acordado, dentro de casa, as luzes todas apagadas, enquanto os outros dormiam — ora sentava, ora andava, e passava de um cômodo para o outro, no escuro, arrastando os pés machucados, enquanto os mesmos pensamentos de susto, os mesmos medos, que não pareciam nem um pouco exagerados e soavam como a coisa mais razoável do mundo, se repetiam sem parar dentro da sua cabeça.

Parava de andar, olhava para os pés, para as unhas horríveis, que nem carvões, que nem pedras — e então teve raiva do cimento, teve raiva dos pés. Depois de mais de vinte anos trabalhando, como podiam fazer aquilo com ele? Percebeu que era um desatino sentir isso — ter raiva dos pés, do cimento. Mas afinal, pense bem, o que seria da sua casa, da sua família, da sua filha, que na época ainda dependia tanto dele? Debruçado na janela aberta, olhou para o ar escuro da noite, os olhos parados, presos no espaço estreito entre uma parede lá fora e um muro esfolado, com tijolos à mostra — olhava, olhava, sem atinar com o que ia fazer da sua vida quando afinal o dia nascesse. Olhava bem fixo, bem fundo para aquela noite encardida e sentia no rosto ora um cheiro de cinzas, ora um cheiro de podre. Pensava, perguntava, e só um morcego piava a intervalos, por cima, nuns rodopios compridos, velozes.

Parentes, não tinha. A mulher havia morrido. Também não conseguia pensar num único amigo com quem pudesse contar naquele apuro. Dispensado do trabalho, começou a rotina das perícias médicas, em intervalos de dois, três meses ou mais, para garantir pelo menos o pagamento mensal do seguro. Horas antes do nascer do sol, tomava um lugar na fila que já estava lá, a postos, nas sombras de uma rua, a uns vinte quilômetros da sua casa. As pessoas espremidas contra a parede para aproveitar a proteção da marquise estreita de um edifício de escritórios, ou coladas à porta de aço de uma loja vizinha, fechada com dois cadeados no meio e mais um embaixo, encostado no chão.

O pai de Rosane tinha os pés inchados, vermelhos, tinha marcas úmidas na pele, até nas canelas. Os pés sempre calçados em sandálias abertas de borracha, mesmo quando chovia e as ruas ficavam cheias de poças, porque não havia como enfiar aquilo num sapato. Já trazia de casa alguma folha de papel mais grosso e lustroso, dobrada no bolso — o anúncio de uma farmácia, por exemplo, onde remédios e produtos de higiene vinham acompanhados pelo preço, estampado em vermelho, dentro de uma estrela amarela — um papel para pôr sobre a beirada de cimento ou de uma pedra fria, forrar o chão e sentar-se em cima, junto à parede ou encostado à porta de aço. Ali, então, esticava as pernas para a frente, sobre a calçada, fechava os olhos e respirava fundo para se acalmar. E ainda por cima tinha de espantar o sono.

Em geral, ali ninguém conversava. Era raro alguém dormir. Às vezes uma pessoa tentava vender um lugar melhor na fila, mais na frente. Se ele tivesse dinheiro, compraria, entraria na frente dos outros, ninguém ia reclamar, acontecia sempre. Lá dentro, horas depois, havia ar-refrigerado e cadeiras estofadas para todos. Mesmo assim, às vezes, na hora da consulta, o médico olhava para os pacientes com certa apreensão. Sabia que a sorte deles estava em suas mãos: aquela gente tinha uma doença para oferecer em troca de uma renda mensal e cabia ao médico avaliar a doença, classificar o estrago, medir seu interesse, seu prazo, seu fator destrutivo — e depois alugar a doença por um tempo, comprá-la para sempre ou apenas rejeitá-la, e chamar o próximo paciente.

Ninguém gostava de perder uma renda mensal com dia certo para ser sacada no banco. Ainda por cima sem trabalhar. Havia gente que não entendia as explicações do médico — "mas eu tenho pressão alta", "ora, eu também tenho e estou aqui trabalhando" —, tinha havido gritos, ameaças, murros chegaram a afundar as divisórias meio bambas, feitas de algum tipo de massa prensada, de papel e plástico, muito limpas, pintadas e repintadas de cinza. Corriam histórias de pacientes que, em outros postos, longe dali, foram para a fila armados, e por isso os seguranças, de roupa preta e boné, com um escudo dourado no peito, às vezes rondavam as saletas dos médicos a passos lentos, com olhares desconfiados que interrogavam as fileiras de gente sentada.

    Depois de sempre se repetirem os ataques de alergia a partir quase dos primeiros minutos do seu regresso ao trabalho, assim que se encerrava o período de folga que tinha recebido dos médicos para ver se conseguia se recuperar outra vez — e depois de voltar várias vezes à perícia, ficar na fila, na sala de espera, ouvindo o silêncio dos estropiados, os resmungos dos nervosos, o pai de Rosane começou também a se irritar com os médicos. Um deles — de cabelo branco e sujo, dentes amarelos de cigarro, pescoço feito um galho seco, dedos um pouco trêmulos e indecisos sobre os formulários de papel amarelo em cima da mesa, voz moída na garganta, uma voz que não se fazia entender — um dos médicos provocou no pai de Rosane o medo de que aquele homem de jaleco branco fosse doido, não estivesse vendo os pés inchados, feridos, que estavam bem ali na sua frente. Teve medo de que o médico fosse escrever algum disparate naquelas fichas. Só de pensar nisso, as consequências se encadearam com a velocidade de um raio em sua imaginação e daí ele passou a uma raiva absurda, uma vontade de sacudir aquele sujeito pelos ombros, abrir seus olhos à força — os olhos foscos e meio escondidos nas pálpebras estreitas, umas pupilas sem rumo nas quais o reflexo da luz branca do teto parecia formar uma nata.

    Estava cansado de repetir o mesmo caminho, tinha perdido a esperança de se curar da alergia, não acreditava mais nos pés, nos remédios, nas semanas. Porém os médicos só queriam lhe dar umas poucas semanas de dispensa, mais nada. Mandavam repetir o tratamento ou experimentar um outro — não entendiam, não aceitavam, o tratamento tem de dar certo, está previsto, é clínico, diziam — e mandavam voltar depois para uma nova perícia. Nem mencionavam aquilo que, de tanto ouvir falar, ele já enxergava como um prêmio, sua recompensa por tudo, a justiça em pessoa: aposentadoria por invalidez permanente. Se no início a palavra invalidez, ouvida várias vezes naquelas salas de espera, lhe dava medo e uma ponta de nojo, ele logo se familiarizou com aquele som, logo a ideia lhe pareceu amiga, as sílabas promissoras. Com o que mais ele poderia contar?

Foi uma mulher do departamento de pessoal da empreiteira onde ele antes trabalhava que, ao ouvir suas queixas, seus soluços engasgados, soltou um suspiro, puxou o brinco no lóbulo da orelha uma, duas vezes e, por pena, por simpatia — afinal, fazia anos que os dois se viam ali na empreiteira —, ou por desenfado, ou sabe lá por que, lhe deu uma ajuda que se revelou decisiva. Simplesmente escreveu num papel o nome de uma outra mulher, que trabalhava no instituto de aposentadorias, no centro da cidade. Anotou embaixo o endereço e lhe disse para ir lá e falar só com ela.

Assim ele fez, assim ele suplicou aos porteiros, assim mentiu para secretárias e assim, após alguns meses, sem saber como nem por que caminho, conseguiu a renda mensal que continuava a ganhar e que agora ganharia até morrer. Menos do que recebia antes no trabalho, e que já era bem pouco — está certo, muito menos. Mas veio na hora exata, veio como um milagre, quando ele já estava começando a pedir dinheiro emprestado e disposto a pensar bobagens.

Porque aconteceu que naquela época, perto dele, morava uma mulher sozinha, de uns cinquenta anos. De noite, mesmo já bem tarde, o pai de Rosane às vezes via o vulto da mulher passar pela rua mal iluminada. Muito devagar, os ombros magros, encolhidos, uma sacola de plástico agarrada e amassada entre os braços cruzados no peito, os dedos compridos, unhas sujas, a cabeça curvada para a frente e para baixo, ela andava em zigue-zague pelas calçadas vazias. Parecia falar sozinha, às vezes voltava um pouco por onde já havia passado, tinha o olhar fixo, abaixava mais, mais, e com a ponta de um dedo esticado revirava alguma coisa no chão, no canto do asfalto e do meio-fio — e logo o pai de Rosane entendeu. Na primeira vez em que viu e prestou mais atenção, duvidou por um segundo, mas não podia ser outra coisa: entendeu que a mulher estava procurando dinheiro, moedinhas que tivessem caído e ficado perdidas ali no meio da poeira, sem ninguém ver ou querer pegar, por causa do seu valor ínfimo ou porque estavam meio escondidas.

Entendeu também que se ela repetia isso tantas vezes, tão metódica, sem desistir, era porque de fato achava as moedas, escavava alguma nota amassada e suja, cor de lama, e que também por isso ninguém enxergava. Imaginou que a mulher devia vagar assim muitas horas, a noite inteira, devia cobrir grandes distâncias com seus passos lentos, para ter chance de reunir uma quantia suficiente para comprar alguma coisa. Adivinhou logo a indigência, o desamparo que tinha de haver em sua casa para ela fazer uma coisa como aquela, arriscar-se de madrugada, não ter outra opção. Mesmo quando chovia, o vulto passava em silêncio — quase sua vizinha, e ele nem sabia quem era, as pessoas não sabiam seu nome, achavam que era doida e pronto.

Traído pela alergia, iludido pela cura, na espera de uma decisão que adiavam e se recusavam a dar, o pai de Rosane já se imaginava fazendo a mesma coisa que aquela mulher, arrastando os pés feridos pelas ruas. Imaginou a filha e a cunhada caminhando muito devagar pela calçada, de ombros encolhidos. Chegou a ver as duas curvadas para a frente, os olhos apontados para o chão, a velha e a jovem, abraçadas a uma sacola de plástico contra o peito, dois fantasmas no meio da noite, e sentiu um arrepio apertar sua cabeça.

Nessa época, ainda na expectativa de uma solução, alguém lhe sugeriu que se cadastrasse num programa que o governo estava promovendo ali mesmo no Tirol: ofereciam um valor fixo mensal só para a pessoa fazer compras no supermercado, contanto que o candidato preenchesse certos requisitos. Ele se lembrou da sua esposa, muitos anos antes, lembrou como ela, por teimosia, contra a vontade dele, havia se cadastrado no programa de um deputado e no fim acabara conseguindo a casa onde ele morava até hoje — ou pelo menos no pedaço da casa que havia sobrado, depois que vendeu uma parte para uns parentes. Lembrou-se do sítio onde até então ele e a mulher viviam, quase como índios, pensou, e veio um arroubo de carinho pela esposa, um aperto na barriga, um respeito que ia além da morte, e se animou.

Cadastrou-se, respondeu os questionários, as perguntas da entrevista e toda semana ia ver se seu nome tinha sido incluído na lista dos favorecidos. Na volta para casa, passava no supermercado e olhava para as prateleiras com mágoa, com uma cobiça pesada: cada produto, cada marca em letras vibrantes era uma ofensa. De vez em quando a visão chegava a se estreitar, uma sombra se fechava pelos lados dos olhos, os tons coloridos das embalagens se borravam de preto e nessas horas o pai de Rosane tinha de piscar os olhos e piscar de novo, três, quatro vezes, para voltar a enxergar direito as mercadorias, que pareciam sumir. No fim, sem saber muito bem o que estava fazendo, ia para a caixa com um pacote de margarina, um saco de pão de fôrma e um outro de arroz só para não dizer que não estava levando nada.

Havia alguns problemas naquele cadastramento, as pessoas comentavam: os tais cheques não eram aceitos em qualquer lugar. Certa vez correu o boato de que mais nenhum supermercado ia receber aquela forma de pagamento. Quem ainda tinha um crédito nas mãos se afobou em gastar logo tudo, de qualquer jeito. Muita gente, vários vizinhos se cadastraram. A tia de Rosane também. E foi o nome dela que acabou aparecendo na lista dos escolhidos, um dia, quando o pai foi até lá ver.

Voltou para casa com a notícia, levou a cunhada até o escritório que tinham montado em cima de um caminhão, dentro da carroceria de aço, com ar-refrigerado, três computadores e mocinhas que digitavam tudo. Ele pensou que a cunhada já sairia dali com o cheque — na verdade, um cartão magnético feito de plástico. Só que ainda ia demorar, tinha de preencher mais fichas, assinar, trazer documentos, cópias, voltar dias depois, esperar que o sistema dos computadores aprovasse. A tia de Rosane já ficava nervosa à toa e aquela agitação, as perguntas, os números, as datas, a busca dos documentos, as unhas pintadas e velozes da menina que faziam ferver as teclas de plástico do computador — tudo a deixou desconfiada, com uma irritação explosiva que (o pai de Rosane logo notou) podia pôr tudo a perder.

Uma vez por semana o caminhão chegava de manhã, subia o meio-fio de uma praça e, entre os buracos na terra meio lamacenta, com manobras curtas, procurava um lugar onde todas as rodas ficassem mais ou menos niveladas. O motorista e o ajudante estendiam por cima do caminhão uma faixa com o nome do programa do governo, as mocinhas abriam uma porta na parte de trás e colocavam ali uma escadinha de alumínio de cinco degraus.

Junto com umas vinte pessoas, lá estava o pai de Rosane à espera, de braços dados com a cunhada, para apoiá-la. Cara de sono, meio tonta, nervosa, ela não parava de remexer a barra da blusa com a mão, enquanto os lábios se moviam devagar, mascando a boca vazia e de poucos dentes. Uma semana, duas semanas, e na quarta semana apareceu finalmente o cartão magnético de plástico: o nome dela em relevo, prateado, o símbolo do governo no canto. Por trás, uma língua preta e reta que atravessava o cartão de ponta a ponta.

Nesse meio-tempo, tinha havido algum problema. Disseram no caminhão que o supermercado que agora aceitava aquele cheque ficava mais distante, na Várzea. O pai de Rosane e a cunhada não costumavam ir à Varzea: em geral, gente do Tirol não era bem vista por lá. Mas os dois eram velhos, ou pareciam mais velhos do que eram, e aquela desavença entre os bairros empolgava mais os jovens. Além disso, quase ninguém os conhecia na Várzea. Ninguém repara em velhos. Na certa iam pensar que vinham de qualquer outro lugar, não do Tirol.

O problema sério de fato era que o supermercado ficava distante: não daria para carregar as sacolas na mão de lá até em casa, nem mesmo se empurrassem tudo no carrinho de compras que Rosane usava para ir ao outro supermercado — uma roda podia quebrar no caminho, que era muito ruim e acidentado. Mas no final isso também não importava. O pai de Rosane fez as contas e achou que ainda seria muita vantagem se pegassem um táxi — isso mesmo, não ia ser nenhum luxo. A distância ainda era curta para um carro, daria uma corrida barata, pouco mais do que o preço de ida e volta de ônibus, para os dois. Afinal, todas aquelas compras iam sair de graça e além do mais ele gostou da imagem que viu em pensamento: as sacolas de plástico estufadas enchiam o porta-malas aberto de um automóvel estacionado na saída do mercado. Imaginou também o desembarque das sacolas na frente da sua casa, animou-se cada vez mais e chegou a sorrir sozinho, enquanto previa o que iria comprar.

No dia seguinte, a cunhada foi andando ao seu lado devagar, meio puxada por ele pelo braço, sobretudo na hora de atravessar as ruas e subir nas calçadas. Tomava cuidado com os buracos, sempre com medo de cair. Não estava acostumada, saía pouco de casa. Foram a pé para economizar a passagem do ônibus e poder pagar o táxi na volta. Andavam, andavam, e ela não conseguia acompanhar todo o entusiasmo do pai de Rosane. Faltava a ela uma certa concentração, uma dose maior de certeza daquilo que estava fazendo. Olhava para os lados, pensava em outras coisas, lembrava-se de pessoas que anos antes tinham morado nos lugares em que passava — quem sabe ainda moravam lá? Mesmo assim, ela entendia muito bem que aquilo que estava fazendo era bom, que o cunhado estava contente, que a sorte daquela vez estava do lado deles.

Entraram no supermercado, viram logo que era grande. A mesma transformação que ocorria em Rosane aconteceu com os dois: o pescoço empinado, os olhos acesos, a respiração concentrada e contida num ritmo de quem guarda uma parte das energias para o imprevisto. Com um chocalhar metálico, desprenderam um carrinho da fileira de carrinhos encostada à parede, verificaram se as rodas giravam bem e não agarravam no eixo. Enveredaram pelo primeiro corredor e começaram a selecionar as mercadorias. O pai de Rosane — desconfiado com os rumores sobre a validade do tal cheque de compras — achou melhor consumir o crédito do mês inteiro de uma vez só naquele dia e assim tirar mais proveito do custo do transporte no táxi. Por isso os dois faziam as contas de cabeça, à medida que iam colocando as mercadorias dentro do carrinho.

Não tinham hora, não tinham pressa — demoravam-se com certo gosto na seleção, no exame da variedade. Havia uma satisfação, uma sensação de força, um alívio que passava para o corpo e que eles tratavam de aproveitar ao máximo — uma coisa que vinha da mera certeza de poder comprar. Assim retardavam o passeio do carrinho, iam e voltavam pelos corredores, retiravam alguns produtos que já haviam apanhado e punham outros em seu lugar. Arrumavam e rearrumavam os produtos encostados nas grades do carrinho a fim de aproveitar todos os espaços, e refaziam os cálculos — tão atentos às mercadorias, que ficavam mais vistosas por causa das luzes brancas e brilhantes lá no alto, que mal se davam conta da presença de outras pessoas.

Quanto tempo fazia que não tinham alguns daqueles produtos em sua casa? Havia novidades que a tia de Rosane nunca tinha visto, nomes em inglês que não apareciam nem nos anúncios da tevê, ou que ela não havia notado. E ela então sugeria experimentar um detergente, uma esponja de três cores, um amaciante de roupas com o bico da embalagem em forma de pescoço de pato ou de cisne. Souberam selecionar com tanto critério que conseguiram encher o carrinho até em cima, sobretudo com produtos mais duráveis, capazes de resistir até o mês seguinte sem estragar. Afinal, pelas suas contas, alcançaram o valor máximo oferecido pelo cartão. Desfrutaram cada escolha, nem repararam quanto tempo haviam passado ali dentro. Tomaram seu lugar na fila para uma das caixas, começaram a olhar em volta e só então ficaram um pouco preocupados.

Seu carrinho era, de longe, o mais cheio. Daquele jeito, parecia um pouco agressivo — as pessoas olhavam. O pai de Rosane de início experimentou responder com uma barragem de orgulho — um orgulho que acabou se revelando raso, de fôlego curto, sem pontaria. De todo jeito ele achou que tinha de reagir, mostrar coragem, por isso manteve o queixo erguido, o peito estufado, seu olhar traçava uma linha reta e firme acima das cabeças de todos.

Sua fila não era grande, mas avançava devagar como as outras, paralelas. As pessoas evitavam tomar lugar atrás deles e estava bem claro o motivo: adivinhavam que, com o carrinho tão cheio, os dois iam demorar muito tempo na caixa. As pessoas calculavam os minutos a mais de espera, na verdade faziam e refaziam muitas contas ali dentro, punham em números as coisas mais diversas. Algarismos rodavam no ar do supermercado — o lugar parecia feito para isso — e na verdade só uma parte de todos aqueles cálculos se materializava nas notas fiscais que, com um gemido, iam saindo linha por linha das pequenas impressoras das caixas.

Mas podia não ser só isso — o tempo de espera, o valor de um carrinho cheio de compras, os números na nota fiscal. Aconteceu que o pai de Rosane começou a sentir nas filas próximas uns ares de raiva ou no mínimo de um despeito — cujo alvo no entanto talvez não fossem eles dois exatamente, ele e a tia de Rosane, mas algo vago, algo mais espalhado, dentro do qual estavam eles dois. Enquanto isso a tia de Rosane, distraída com suas compras, quase sem desviar os olhos do carrinho, de vez em quando apanhava na mão um dos produtos. Examinava de novo, aproximava o rótulo dos olhos e conferia alguma informação, antes de pôr de volta com cuidado no mesmo lugar do carrinho.

A moça da caixa já tinha avistado na fila aquele carrinho cheio. O pai de Rosane notou na mesma hora e achou que a moça torceu a boca de leve — um sinal de aborrecimento: quem sabe ela já previa alguma coisa. Ele quis recobrar a calma, disse a si mesmo que era exagero, a moça da caixa estava cansada, só isso. Tudo normal. Pelo sim, pelo não, concentrou as ideias: eles tinham o direito de estar ali, iam pagar por tudo, ninguém podia se queixar.

Nesse momento, entrou um grupo com alarde, todos bem juntos, uns atrás dos outros. Falavam alto, alguns cantavam refrões martelados — rapazes de bermuda, alguns sem camisa, moças de short e barrigas de fora. Sacudiam muito a cabeça no alto dos pescoços compridos, espalhavam no ar os braços elásticos, os troncos balançavam com folga sobre a cintura flexível. De repente, um ou outro se esticava, puxava com a mão o ombro do que ia na frente, gritava alguma brincadeira, os dentes irrompiam brancos, rasgavam risadas. Pareciam alheios, concentrados em si mesmos, porém — de algum modo dava para perceber — observavam tudo em volta. Foram direto para as prateleiras de latas de cerveja.

O pai de Rosane seguiu os passos do grupo com o canto dos

olhos, ficou mais apreensivo e só quando a cunhada começou a tirar os produtos do carrinho e colocar sobre a placa de alumínio do balcão da caixa, ele se deu conta de que, até que enfim, havia chegado sua vez. A moça da caixa começou a puxar as mercadorias para perto e registrar os preços num teclado de computador, enquanto ele mesmo na outra ponta do balcão arrumava tudo dentro de sacolas de plástico.

As mercadorias passavam uma depois da outra pela caixa, num ritmo contínuo, sem tropeços, o que transmitia segurança e pareceu animá-lo. Até que um dos produtos não pôde ser registrado. Por mais que a caixa tentasse, a máquina não aceitava. Não tinha o preço cadastrado, a moça explicou. Chamou um colega de crachá com foto e nome preso no pescoço por uma fita azul e pediu que fosse verificar o preço na prateleira.

A tia de Rosane, com sua voz fraca, explicou que não era preciso, debruçou-se para a moça, disse exatamente quanto custava. Sabia todos os preços de cor, até os centavos, tudo estava calculado. Mas a caixa, sem olhar para ela, respondeu que não podia fazer assim, tinha de verificar, era ordem do patrão.

Com isso — a falha do registro, a ordem do patrão — o pai de Rosane ficou ainda um pouco mais alarmado. No entanto quis logo se emendar: bobagem, aquilo era comum, era até de se esperar em casos de compras grandes. A moça continuou a registrar as outras mercadorias uma a uma e as sacolas de plástico fino já se avolumavam no chão, em certa desordem, espalhadas em volta dos pés do pai de Rosane — os pés em sandálias, um pouco inchados, os dedos sujos. Alguns sacos ele fechava com um nó firme nas duas alças; outros, deixava mesmo abertos.

Havia agora pessoas naquela fila à espera da sua vez com as compras na mão ou também num carrinho. A primeira era uma mulher de boné preto, com o umbigo à mostra abaixo da barra da blusa. Trazia na mão apenas um saco de plástico transparente, borrado de sangue por dentro, com mais ou menos um quilo e meio de carne de boi. O rapaz com crachá voltou, depois de conferir o preço do produto. A tia de Rosane deu o cartão para a caixa e mostrou sua carteira de identidade plastificada. Quando a moça passou o cartão na máquina, soou um apito.

Pela cara que ela fez, o pai de Rosane viu logo que não tinha dado certo. A caixa tentou de novo e soou o mesmo apito. Dessa vez ele teve a impressão de que o apito zuniu mais alto, teve mesmo a certeza de que as lâmpadas lá em cima brilharam mais forte, cuspiram uns raios tão brancos que ofuscaram a forma das pessoas em sua volta. Durou só um instante. Pois logo viu com nitidez que a moça da caixa ergueu o cartão acima da cabeça, brandiu no ar e, inclinada na direção da caixa do lado, perguntou em voz alta:

— Como é que passa isto aqui mesmo?

A outra, com uma embalagem de doze latas de cerveja nas mãos, parou na mesma hora, virou, olhou para o cartão por um segundo e respondeu:

— Ontem foi o último dia. Agora só mês que vem. Talvez.

A caixa devolveu o cartão para a tia de Rosane e perguntou se não queria pagar em dinheiro. Mas falou em voz baixa, mansa, um pouco automática: é claro, nem precisava perguntar, já sabia a resposta. Com seu cartão de volta na mão, a tia de Rosane olhava para o cunhado, para a moça da caixa, para o cartão, para os sacos plásticos cheios e amontoados sobre o piso de cerâmica e sentiu o ar fugir.

Já o pai de Rosane esfriou de repente por dentro: uma corrente gelada desceu até os pés. Com uma clareza também fria, entendeu que ele já contava com aquilo ou com algo parecido desde o início, desde o caminhão parado lá na praça. A primeira coisa que pensou e que o preocupou a sério foi que as pessoas na fila iam ficar irritadas com ele. Olhou de relance e percebeu na sua fila uns quatro ou cinco fregueses — os dois mais atrás levantavam a cabeça para ver o que estava acontecendo, o motivo da demora. Nos olhos brancos, meio arregalados, uns riscos de sangue — e lá estava a mulher com o saco transparente cheio de carne.

A segunda ideia que passou pela cabeça do pai de Rosane foi que estavam na Várzea. E agora sim aquilo ganhou um peso diferente, com as lembranças de histórias brutais, vinganças horríveis praticadas à toa. A terceira foi a imagem do grupo de jovens que chegara pouco antes ao supermercado, seus risos e cantorias sem música, o jeito como abanavam os braços compridos a caminho das prateleiras de cervejas.

Disse para a moça que talvez aquela máquina estivesse com defeito, quem sabe numa outra o cartão funcionaria. Mas a moça respondeu que não, a máquina estava boa, e olhou para baixo, para as mãos de unhas pintadas, o esmalte já um pouco descascado, os dedos a postos na frente do teclado só de números. Um anel no polegar brilhava. Então a caixa deu um relance para o primeiro freguês na fila e voltou-se.

Se eles não tinham como pagar — explicou a moça, com uma voz calma, de quem parecia entender a situação, de quem compreendia tudo, até bem demais, só que gostaria que nada daquilo tivesse acontecido e preferia que eles fossem embora logo — se não tinham como pagar, explicou a moça, teriam de pôr tudo de volta nas prateleiras. Pois é. Não havia um funcionário para arrumar as mercadorias de novo. Se não fosse assim, a bagunça aumentava, já vinha muita gente ao mercado só para criar confusão, mexer nas coisas, tentar roubar, justificou ela mais apressada agora: um desinteresse novo, uma falta de paciência começava a dominar. E aquilo era verdade, claro, está certo, é razoável — pensou o pai de Rosane, que respirou fundo e se deu conta da presença de um segurança parado a uns cinco passos, com um colete preto sem botões aberto sobre a barriga proeminente.

    Ele e a cunhada foram buscar outro carrinho, que logo encheram com as sacolas colhidas do chão e levantadas duas a duas, uma em cada mão, até a última, e voltaram para os corredores do mercado. Os dois empurravam devagar o carrinho, mais pesado agora. Pareciam subir uma ladeira. Uma das rodas da frente meio torta soltava guinchos num ritmo que entorpecia. Achar um produto no meio daquelas sacolas de plástico, todas iguais — todas chiando com o mesmo barulho quando eles mexiam —, era tão difícil quanto localizar a prateleira onde o produto tinha sido apanhado. Tentavam lembrar, davam voltas, passavam várias vezes nos mesmos lugares. E um por um foram todos retirados do carrinho e colocados nas prateleiras certas.

    Com a ponta dos dedos, a tia de Rosane empurrava de leve a mercadoria em seu lugar, fazia questão de alinhá-la de acordo com as outras. Cada produto de que se desfaziam causava mágoa. A garganta apertava. Nenhum, nem o mais barato deles, foi deixado para trás com indiferença. O tato, o manuseio dos frascos de vidro, dos potes de plástico, o formato das caixinhas na mão dos dois um momento antes de abandoná-los em seu lugar aumentavam a pena que sentiam. Sem falar na visão do carrinho que empurravam sempre em frente cada vez mais vazio, as sacolas murchas amontoadas nos cantos, junto aos arames de alumínio. Como se não bastasse, o pai de Rosane pressentia que as pessoas em volta olhavam muito para eles. No início — assim parecia — olhavam sem entender o que os dois estavam fazendo, mas logo a notícia deve ter se espalhado. Ele agora já imaginava, já adivinhava sabe lá que zombarias.

    No fim, um cansaço pesava sobre os dois e no caminho de volta para casa, a pé, ficaram em silêncio o tempo todo. Até que pararam na beira de uma rua, perto de alguns sacos pretos de lixo amontoados em redor de um poste. Os dois à espera de que o sinal fechasse e os carros e as motocicletas parassem. Só aí o pai de Rosane olhou para a esquerda e percebeu que a cunhada fungava, puxava para dentro algum resto de choro. E viu que ela ainda estava com o cartão magnético seguro na mão. Ele então pegou o cartão, abriu o zíper da bolsa da cunhada e o colocou lá dentro, junto da carteira de identidade. Era uma bolsa de plástico já com a tinta meio descascada — uma bolsa que tinha sido da sua mulher no tempo em que ainda moravam no sítio.

O pai de Rosane, diante da televisão ligada, contou para Pedro que foi exatamente naquela ocasião que saiu sua aposentadoria vitalícia, seu atestado de invalidez. Por isso dizia que veio na hora certa: um pouco mais e ele nem sabia o que poderia acontecer. Porém a aposentadoria veio na hora certa por um outro motivo também.

No início o pai de Rosane ainda tinha certa inveja dos colegas que, sem maiores problemas de saúde, continuaram a trabalhar nas empreiteiras, faziam horas-extras e de quebra ainda arrumavam uns bicos em obras pequenas. Mas dali a algum tempo as obras grandes começaram a rarear e os bicos eram poucos para tanta gente. Os seus colegas, na grande maioria, foram ficando desempregados, no máximo arranjavam trabalhos clandestinos, e por um tempo curto, em que ganhavam ainda menos. Naqueles serviços, não tinham hora para ir para casa, os pagamentos atrasavam semanas, meses até. Várias vezes levavam calotes do patrão e no fim não recebiam nada. O dono da obra sumia, o escritório fechava de repente, eles nem tinham de quem cobrar.

Foi de uma hora para outra que o pai de Rosane viu a situação mudar daquele jeito: ninguém esperava. Ele ouvia aquelas histórias repetidas, sempre iguais, e sentiu um alívio, quase agradeceu à alergia, quase abençoou as feridas dos pés e o cimento que, dentro dele, estourava em bolhas — quase se dizia um homem de sorte. Pensando bem, se ele ficasse longe do cimento e das obras, as feridas não se abriam, os pés não inchavam muito, não viravam aquelas bolas roxas na ponta das pernas.

Assim, com certo esforço, ele podia ainda fazer outros tipos de trabalho. Por exemplo, foi vender produtos miúdos na calçada sobre um tabuleiro dobrável feito de madeira. Um policial lhe dava os produtos, emprestava até o tabuleiro, dizia o lugar onde ele ia ficar e o horário. Desse negócio o pai de Rosane tirava uma receita diária minúscula, que vinha se somar à sua aposentadoria por invalidez. Os pés inchavam, mas em compensação não havia risco, assegurava o policial.

Desse modo, foi estranho, foi até engraçado quando poucos anos depois ele descobriu por um acidente que não tinha mais a alergia, descobriu que sem mais nem menos estava curado. Um dia tropeçou na rua perto de uma obra da companhia de gás, escorou-se com a mão num tapume que desabou com seu peso e ele foi junto. Caiu quase de cara num monte de cimento e terra, que estava ali à espera dos operários, em horário de almoço. Com a ajuda de um pedestre, levantou-se assustado — logo o cheiro e o tato do cimento romperam em pânico pelo seu nariz, pela sua pele. Já previa os transtornos, o inchaço, os buracos medonhos.

Esfregou-se aflito ali mesmo na rua, lavou-se como pôde na torneira de uma garagem em frente e depois, ao chegar em casa, enxaguou várias vezes com sabão, já sabendo que não ia adiantar. Mas veio o dia seguinte, outros dias passaram e nada aconteceu. Olhou para os pés, pensou bem, pensou de novo. Com cuidado fez um teste: abaixou, pegou um pouquinho de cimento na ponta de um dedo, contou até três e, nervoso, sacudiu o dedo no ar para se livrar do pó. Horas depois, dias depois, nem sinal das feridas. Porém ainda era preciso mais, era preciso matar a dúvida até o fim e então colocou um pouco de cimento em cima do pé, o ponto mais sensível. Esfregou ligeiro, aflito, e logo depois, como que arrependido, afastou o pó com uns safanões da mão para os lados. Na verdade, já no momento daquele gesto ele acreditava que estava de fato livre da alergia.

O pai de Rosane contava para Pedro, falava um bocado e parava, quando alguma coisa na televisão prendia seu interesse. Era um filme americano, havia tiros de vez em quando, armas de vários tipos — em gavetas, em cintos, em bolsas, no porta-luvas, em mãos de homem e de mulher. Os canos cromados ou pretos rebrilhavam na tela. Homens voavam de repente para trás, de braços abertos, com manchas vermelhas no peito da camisa, o corpo rolava sobre o capô brilhante dos carros novos ao som de explosões e de música trepidante. Ou um casal se beijava com força, os dedos esticados da mulher, de unhas compridas, enterravam-se nos cabelos do homem.

Pedro observou o rosto do pai de Rosane: o queixo um pouco abaixado na direção do peito, a testa ampla, um pouco para a frente, o olhar que partia de baixo para a cima, rente às sobrancelhas, os lábios um pouco encolhidos, à beira de formar um bico. A expressão de quem olha e ao mesmo tempo tenta lembrar alguma coisa, algo que resiste, foge — Pedro observou e reviu ali, reforçadas, as feições e um certo jeito de Rosane.

Já eram dez horas e os dois esperavam que ela voltasse do colégio. No tanque de cimento havia roupas para enxaguar, panos de molho dentro da água embaçada de sabão. Na cozinha, havia pratos sujos, panelas na pia — umas dentro das outras, os cabos apontados para fora, em direções diferentes. A tevê apenas gemia com o volume baixo para não perturbar o sono da tia de Rosane. No chão, um ventilador virado para eles dois rodava sem parar, tremia de leve com o estalido de uma das pás que estava meio torta e resvalava na grade a cada volta num ritmo insistente — um som mole, de plástico, que soprava suave no ouvido e dava sono. Ainda mais com o ronco incessante do motor ao fundo.

Não era como o motor do ônibus em que Pedro viajava agora de pé, com a mochila pendurada sobre o peito, os dedos seguros com força no tubo de metal preso no banco à sua frente. O motor a diesel cantava forte, com alternâncias de graves e agudos, suspiros e roncos que trepidavam por baixo do chão de aço e vibravam através da sola dos sapatos. Variavam conforme os movimentos do trânsito atravancado, conforme as paradas e as arrancadas nos pontos de passageiros, e variavam também conforme os pedais e o câmbio respondiam às manobras irritadas do motorista. Não dava sono, mas mesmo com o barulho e os trancos alguns passageiros sentados dormiam, cochilavam um pouco, de cabeça mole, e toda hora acordavam de novo. Os rostos sem um pingo de ânimo, esgotados, eles dormiriam em qualquer lugar e de qualquer jeito. Tinham os braços cruzados, as mãos largadas, ásperas, o peso morto dos dedos em cima de sacolas e mochilas.

Por algum motivo, Pedro ali de pé lembrou-se do que tinha lido pouco antes, ainda no outro ônibus quando viajava sentado. No livro sem a quarta capa, o livro que agora estava dentro da mochila pendurada diante do seu peito. Vai ver o motivo foi o cheiro dos amendoins que uma jovem sentada à sua esquerda tirava de um saquinho de plástico guardado dentro da bolsa aberta em cima das pernas. Com a ponta dos dedos, a mulher punha um ou dois amendoins de cada vez dentro da boca e mastigava, enquanto olhava pela janela.

Vai ver Pedro estava com fome, porque se lembrou das comidas que Darwin provou numa fazenda, em sua viagem por uma região não muito distante do destino final daquelas mesmas pistas asfaltadas e engarrafadas que o ônibus agora percorria. Na verdade — e era estranho, todo um capítulo do livro se demorava nessas histórias, o capítulo que Pedro veio lendo no outro ônibus — o cientista espantou-se com a fartura geral que encontrou na fazenda: o rebanho gordo, a abundância de caça na floresta, a fazenda onde mataram um cervo por dia nos três dias que o inglês ficou naquelas terras.

Os visitantes, contou Darwin, eram tão raros na fazenda que, ainda de longe, o dono saudava sua chegada com disparos de um velho canhão. O estrondo ecoava nos penhascos em volta, mas anunciava a festa para ninguém, pois as vastidões eram despovoadas até muito além do que a vista podia alcançar. A comida que faziam questão de oferecer era tanta que não cabia na mesa — uma vasta prancha maciça, onde os nós da madeira se desenhavam bem marcados em riscos escuros.

Era preciso a todo custo provar todos os pratos, mas o visitante terminava por se dobrar sob o peso de tamanha carga. Não conseguia dar conta do que dele esperavam. Assim, num outro dia, Darwin calculou as porções com cuidado para poder realizar a proeza. Mas se desesperou ao final quando viu trazerem ainda por cima um leitão e um peru assados inteiros. A todo instante cachorros e crianças negras rondavam à beira da mesa e, escreveu Darwin, à parte a escravidão, havia algo delicioso naquela vida patriarcal em que a pessoa se sentia absoluta e separada do resto do mundo.

Darwin se demorou bastante na observação de lesmas e vermes que se aglomeravam em profusão embaixo de troncos podres, dos quais aqueles bichos se alimentavam. Admirou-se com a simplicidade de seus organismos invertebrados. Não havia meios de distinguir a parte inferior da superior no corpo deles, mas Darwin registrou que, na parte do corpo sobre a qual se arrastavam no chão, aqueles vermes dos trópicos tinham duas aberturas transversais. Através da abertura anterior saía uma tromba em forma de funil, muito sensível. O pensador viajante fez questão de assinalar que essa tromba conservava sua vitalidade durante vários segundos depois de o animal estar completamente morto, fosse afogado, esmagado, ou por qualquer outro meio.

Pedro não se lembrava de ter visto lesmas ou vermes com trombas, mas também nunca havia observado lesmas com tanta atenção, nem tinha motivo para isso. Quem sabe os tais bichos já estavam extintos. Afogados, esmagados, ou por outros meios — quantas vezes Darwin teria feito o teste? Quantos outros meios empregou? Que meios seriam esses? Pedro se lembrou de novo do livro pisado e chutado pela calçada até se desfazer: o livro que anos antes ele tinha posto para vender na rua, pouco antes de estourar o conflito com os guardas, conflito que logo se generalizou pelas ruas e calçadas. Agora, tanto tempo depois, ao recuperar o livro, um outro exemplar do mesmo livro, Pedro contava encontrar ali uma boa introdução a uma doutrina que, segundo diziam, abria mil caminhos, explicava muita coisa e de uma vez por todas.

No entanto, até ele trocar de ônibus na tentativa de, afinal, saltar mais perto do Tirol, mais perto da casa de Rosane, e portanto até o momento em que passou a viajar em pé, Pedro só havia encontrado no livro umas histórias avulsas sobre a viagem do cientista inglês por aquela mesma região do país. Por isso Pedro tentava, sem grande esforço, é verdade, e sem nenhum método, mas tentava, imaginar se não haveria naqueles parágrafos, naquelas histórias, alguns indícios da teoria geral, que sem dúvida viria explicada num outro capítulo algumas páginas adiante. Foi um juiz aposentado que pegou o livro na bancada da sua loja de livros usados e falou assim: uma boa introdução.

Esse juiz teimava em pintar os cabelos brancos numa cor de canela — uma tonalidade lustrosa demais, em contraste com a pele do rosto: seca, repuxada por rugas, fosca, da cor de cinzas já frias. Com a mão que tremia bem de leve e a intervalos, o juiz levantava um livro. Abria a capa com os dedos compridos, de nós salientes e coroados por uns pelos grisalhos. Folheava bem devagar, e a exatidão dos movimentos curtos de seus dedos no manuseio das páginas denotava a familiaridade e o respeito pelo papel e pela letra.

Seu olhar cravava-se na folha com a energia de um raio de luz e, se a parte branca do olho tinha uma cor amarelada, com pintas escuras aqui e ali, em compensação a íris apontada para as linhas impressas ardia numa fixidez incansável. Quando um advogado de terno e gravata ou uma advogada de *tailleur* se aproximava e lhe fazia uma pergunta, ou apenas o cumprimentava, ele, que sempre vestia calça de vinco bem marcado e uma camisa de manga curta abotoada até o último botão, com o colarinho estrangulado na raiz do pomo de adão palpitante, por trás da pele mole e rugosa do pescoço — ele, o juiz, o ex-juiz, o ex-professor emérito, demorava a desgrudar os olhos do papel e voltar-se para o conhecido ou para a conhecida que tinha falado com ele.

A livraria não contava com uma limpeza perfeita — era mesmo um contratempo inevitável por causa do entra e sai de velharias, e talvez por isso os fregueses da área jurídica fossem na maioria homens. Promotoras, juízas e mesmo advogadas, em geral, se esforçavam em andar tão bem vestidas que deviam ter medo de sujar a roupa ali dentro. Sem falar nas mãos, de pele e unhas muito bem cuidadas. Era o que Pedro às vezes pensava. Porém uma juíza jovem, que na faculdade tinha sido aluna daquele juiz aposentado, aparecia algumas vezes. Comprava um livro de vez em quando.

Seu carro com motorista e segurança apontava na esquina, fazia a curva e avançava devagar pelo corredor estreito da rua de dois séculos atrás. O carro parava diante da loja — o sol bem aceso na lataria —, a própria juíza abria a porta de trás. Primeiro o sapato de bico fino tocava com cautela os desníveis da calçada centenária de pedra de cantaria, sempre suja com restos de papel e plástico. Logo depois a juíza desdobrava o corpo na altura da cintura e esticava o tronco para fora do carro. Erguia-se enfim por inteiro, alisava com a mão a saia que descia até as panturrilhas, fortes e revestidas por meias cor da pele. Puxava para baixo as abas do paletozinho curto para desfazer as dobras, enquanto anéis brilhavam nos dedos das duas mãos. Em seguida, de cabeça ereta, as sobrancelhas em arco e depiladas em pontas finas de faca, o nariz lustroso de cosméticos, ela entrava na livraria. Seu segurança, de terno e gravata, ficava postado ao lado da porta, olhava atento para as duas extremidades da rua, enquanto o carro seguia adiante lentamente, vidros escuros, motor silencioso, nenhuma fumaça visível no ar.

— Um segurança é pouco — disse o juiz aposentado. — Quantas pessoas a senhora pôs na prisão esta semana?

A juíza pegou um livro mais novo e mais limpo do que os outros, escrito por um publicitário aposentado que ensinava como ser feliz, rico e famoso, como ele mesmo dizia ser. O rosto do autor cintilava na capa, uma cabeleira radiante, um olhar que lisonjeava o leitor e o mundo. Ela folheou o livro devagar, de cabeça baixa, ao que parecia sem grande interesse, sem nenhuma crença especial, e Pedro achou que a juíza podia de fato estar calculando quantas pessoas havia mandado para a prisão naquela semana.

Durante aquela pausa, Pedro observou o novo relógio da juíza, com pulseira muito larga, de couro vermelho, fivela dourada, um exagero de cor no seu braço muito branco e fino. Sabia que ela colecionava relógios de pulso — já devia ter pelo menos uma centena —, além de reunir sobre o assunto informações enciclopédicas. Certa vez, num lote comum da sua livraria, apareceu um livro alemão sobre relógios de pulso femininos, com fotos e desenhos, publicado uns trinta anos antes. Pedro separou aquela extravagância para ela, ficou encabulado, mas, conforme lhe haviam ensinado, pediu um preço absurdo, que a juíza pagou sem hesitar.

Pedro olhava para ela e calculava que a mulher teria uns trinta e cinco anos. Era neta de um senador de um estado distante, dono de usinas de álcool e de uma estação de tevê regional, além de ser autor de uns três livros de memórias, traduzidos para umas três ou quatro línguas pelo menos. Pedro sabia que a juíza era solteira, não tinha filhos e, em regra, namorava advogados, defensores públicos e promotores, mesmo se fossem casados. Isso e sua reputação de possuir um saber jurídico extraordinário e de defender ideias modernizadoras demais na esfera penal davam margem a comentários às vezes desagradáveis, que Pedro já ouvira na livraria.

— Para onde o senhor queria que eu os mandasse, professor? Para um hotel? Sabe, por mais que eu mande muitos para a prisão, as pessoas só me dizem que ainda é pouco, que entre nós não existe castigo. E, veja, o senhor também exagera. Eles não sentem rancor por mim, tenho certeza. Quando converso com eles, vejo que são entusiastas da justiça, tanto quanto nós. Conhecem bem as leis, são apegados às leis, sabem de cor artigos inteiros do código, palavra por palavra, às vezes adivinham eles mesmos argumentos para sua defesa, ou para a acusação de outros. Sem exagero, eu diria até que eles amam as leis. Alguns sonham em estudar Direito e, mesmo sem isso, mesmo sem uma faculdade, a força da experiência é maior do que a gente imagina. Veja, quando eles são submetidos à justiça, sentem-se cidadãos plenos, sentem que são importantes, uma sensação que o dia a dia nunca oferece. Sentem na pele como a lei foi feita para eles.

— Hmm. Sentem na pele. A expressão vem bem a calhar,

agora que estão pondo pardos e negros no Supremo Tribunal. — O ex-juiz deixou a frase no ar por um instante e fez cara de quem não está falando muito a sério. — Mas, me diga, já está andando armada? Procurou o curso de tiro que recomendei à senhora? — perguntou, depois da pausa.

A juíza ficou calada, calma. Respirava pelas narinas, que se dilatavam de leve, agora com as bordas um pouco suadas. Ainda tinha na mão o livro do publicitário. Acredite em si mesmo. Você é melhor do que os outros. Os bonzinhos não enriquecem. A juíza, de cabeça baixa, lia em silêncio o título dos capítulos no sumário.

— Mais dia, menos dia, eles vão dar cabo de todos nós — emendou o juiz de repente, bufando entre os lábios finos e cinzentos. — Vão nos perseguir dentro de casa, na rua, com pistolas e pedaços de pau. Não vamos ter onde nos esconder, nenhum lugar para fugir. Nem na cidade, nem no campo, nem mesmo debaixo da terra. Ninguém vai vir em nossa defesa. Nessa altura, os aeroportos estarão fechados para nós, nenhum outro país vai admitir nos receber. Seremos uns dois ou três milhões de pessoas. O resto, a escória, uma onda migratória mais do que indesejável, os portadores da catástrofe. Todos vão querer que sejamos liquidados o mais depressa possível, para poder esquecer logo o assunto. Meus dois filhos já moram no exterior, regularizados, a senhora os conheceu na faculdade, lembra? Um está em Chicago, o outro em Zurique. Eu não vou porque...

Parou. Olhou para a porta. Piscou os olhos, feridos por um reflexo do sol no espelho de uma motocicleta. O segurança, lá na entrada, olhava para dois meninos de onze ou doze anos, no máximo, que passavam bem devagar. Arrastavam na calçada os pés descalços, encardidos de poeira, a mancha cinzenta subia até as canelas. Tinham os olhos saltados na cara murcha, vestiam imundas camisetas de adultos que chegavam quase aos joelhos.

O pano pendia torto nos ombros, esticado pelos ossos pontudos que formavam a base do pescoço, a pele à mostra na esgarçada abertura da gola. Por baixo do pano folgado, com manchas de lama e de fogo, cada um escondia sem grande cuidado uma garrafinha de plástico que continha no fundo um dedo de solvente de tintas para eles cheirarem.

— Um segurança só é pouco, estou dizendo. Vamos. Quantos a senhora mandou para a prisão, só esta semana?

— Ora, nada demais, também não é assim. Pouca gente. A justiça é lenta. E afinal, pense bem, não há prisão que chegue. Prefiro penas alternativas, serviços comunitários. Há outros caminhos.

Estava claro para Pedro que ela ouvia apenas com indulgência as profecias de catástrofe do ex-professor. Estava claro também que o respeitava e que existia entre os dois uma espécie de laço afetivo resistente. Mas Pedro não entendia do que era feita aquela afeição, que não se traduzia sequer no mais sutil olhar de carinho, ainda que forçado ou mecânico. Podiam até trocar umas piadas rápidas, mas nunca sorriam um para o outro. Apenas demonstravam, em sua expressão, que tinham entendido a ironia um do outro, que haviam localizado sua origem, e depois tocavam a conversa para a frente.

— Hoje em dia aceitamos que os loucos andem soltos na rua — argumentou a juíza, com um ar sensato, uma cadência justa da voz. — Não há mais manicômios como antigamente e ninguém estranha, nem reclama. Ninguém fica apavorado com um louco que se masturba deitado na calçada ao lado de um poste com a mão enfiada por baixo da calça, ou com um doido que para no meio da rua e abraça e beija demoradamente o capô de um carro diante de um sinal fechado. Não é verdade? Acabei de ver isso, um profeta barbado beijou o meu carro. Então por que não fazer o mesmo com os presídios, as carceragens, as penitenciárias, e deixar soltos os ladrões, os fraudadores, os assassinos? Em pouco tempo acho que nos adaptaríamos, estaríamos perfeitamente habituados, daríamos bom-dia quando passassem por nós. Quem sabe teria um grande efeito educativo, ficaríamos até menos apegados aos nossos bens, à nossa existência pessoal. Isso sim seria um novo patamar de civilização.

— Se a senhora repetir essa tese três vezes em público no tom de voz certo, vai encontrar defensores ferrenhos, não duvido. Mas pense bem. Há um problema. Perderíamos o nosso emprego. Muita gente boa, gente nossa, perderia o emprego. O que iríamos fazer? E são bons empregos. Eu sei, é claro, nem precisa me dizer: o Estado não paga tanto quanto devia. Uma miséria, na verdade, a gente sabe muito bem disso. Dá ódio quando um advogado, num único processo, ganha mais do que nós ganhamos em três meses de salário honesto. Mesmo assim... Veja este livro aqui. — Levantou um volume amarelado, capa rasgada no canto, título em italiano. — O autor foi meu professor, sabia? É, deixou a Itália por causa do Mussolini, era o que dizia, pelo menos, e lecionou aqui durante muito tempo. Cheirava mal, não gostava de tomar banho. No pescoço dele, aqui atrás, às vezes se formava uma crosta, dava para ver por baixo do colarinho, quando virava e levantava o braço para escrever no quadro-negro. Tinha ideias muito liberais. Na visão dele, a teoria do direito penal era um céu de Ptolomeu: esferas dentro de esferas, no espaço vazio, um mecanismo em equilíbrio perfeito e em funcionamento perpétuo. Em algum planeta, em alguma estrela, ficavam as prisões... Hoje em dia, se não me engano, vocês condenam pelo computador, não é assim? Um toque do dedo no teclado. É rápido, mais condenações por minuto. Instantâneo, um raio. Fulminante. Acho que eu gostaria de experimentar. Mas... não sei...

O juiz se empolgou, as orelhas ficaram rosadas, com as veias quase roxas mais visíveis através da pele seca. A voz ganhou uma cadência mais segura de si, cresceu num tom imperial, certa de que tudo abriria passagem para ela. Enquanto o juiz falava, o pomo-de-adão subia e baixava, dando esbarrões no colarinho abotoado e justo.

Pedro sabia que o ex-juiz ia muito à sua livraria não só porque gostava de livros velhos e porque ali conversava com gente conhecida. Além desses motivos, a esposa agora o aborrecia muito em casa, o ex-juiz não aguentava ficar lá e saía, andava pela cidade. Tinha casado com uma aluna. Risonha, alegre, não era boa nos estudos, mas aos poucos o juiz passou a ajudá-la nas notas. Formada, começou a trabalhar como advogada num serviço de defensoria gratuita. Logo depois do casamento, porém, ficou claro que o juiz preferia ter a esposa à disposição dentro de casa. Por meio de amigos, arrumou um emprego para a mulher num tribunal. O importante, no caso, era que ela recebia o salário sem nunca precisar comparecer ao trabalho. E assim foi, até ela se aposentar, havia alguns anos.

Em casa, o juiz nunca lavava um copo, não pendurava uma roupa no cabide. Qualquer coisa que usava e pegava, deixava onde estivesse para que a mulher ou alguma empregada guardasse. Tudo o que queria, mesmo que estivesse a dois passos e bastasse ele se levantar para pegar, pedia em voz alta que a esposa viesse apanhar e lhe desse na mão. Ombros abertos, coluna empinada, ele segurava pela asa a xicarazinha de café, na ponta de dois dedos compridos e em curva. Depois erguia a xícara num gesto estudado, importante, um arco em que o antebraço se elevava até a altura dos beiços contraídos para a frente num bico. Em seguida baixava a xícara, depositava na superfície mais próxima e lhe dava as costas.

Estipulava uma quantia mensal para a esposa gastar com a casa e os filhos, sentia-se no direito de ficar furioso quando aquele valor era ultrapassado e gostava de mostrar para os amigos como era rigoroso no seu regime doméstico. Ao mesmo tempo sempre emprestava dinheiro aos amigos, sobretudo para aqueles que não lhe pagavam.

Nem por isso o juiz ficava menos amigo deles. Ao contrário, quanto mais os amigos, em suas conversas, sempre em linguagem estudada e paliativa, confidenciavam entre si suas falhas de caráter — quanto mais conversavam sobre as manifestações de suas espertezas, sobre seus atos de desonestidade e de egoísmo predador, sempre num tom de dignidade ferida e de consciência injustiçada —, quanto mais faziam isso, mais amigos se tornavam. Entre eles, ser amigo era aquilo, acima de tudo. Amizade era um jeito de falar e ouvir aquelas coisas, um jeito capaz de tomar para si e redistribuir numa permuta, entre todos eles, toda a razão, todo o mérito e não deixar para os outros, senão as sobras, os ossos roídos. Além disso, juntos, mostravam-se sempre joviais, alegres, eruditos, bem informados, com uma simpatia tão contagiosa que só quem já estivesse de sobreaviso, ou quem por acaso olhasse de um ângulo momentaneamente desguarnecido, poderia ficar livre do desejo de ser também um deles.

Porém com os anos os amigos do juiz tinham morrido nos melhores hospitais, tinham mudado para outro país, mais de um foi assassinado, outros estavam de cama, inválidos, outros não queriam saber de mais nada a não ser prostitutas, filmes pornográficos e doses cada vez maiores de remédios estimulantes. Por sua vez, a esposa do juiz, depois que os filhos foram estudar no exterior e lá ficaram de uma vez, passou primeiro por uma fase de apatia: não arrumava mais nada em casa nem exigia das empregadas os cuidados a que o ex-juiz estava habituado.

Depois deu início a uma série de tratamentos de beleza e cirurgias plásticas. Aderiu a variadas crenças esotéricas e, em seu apartamento, era comum o juiz ter de abrir os janelões na tentativa de atenuar o cheiro dos incensos. Objetos em feitio de animais fantásticos, ou formados só por arabescos que se multiplicavam em serpentes e em penachos de muitas pontas, objetos feitos de pedra, de cristal, de metais dourados, verdes, apareciam em todo canto da casa em vários tamanhos. E a esposa, com adereços ciganos, hindus, africanos espalhados pela roupa e pelo corpo, empolgada a cada trimestre por uma nova redescoberta de si mesma, parecia ignorar quem era ou tinha sido um dia o seu marido, o juiz, o ex-juiz.

Pedro sabia de tudo isso pelo que o juiz deixava escapar, pelo que os outros diziam, mas sobretudo pelo que Júlio, seu sócio no comércio de livros velhos, comentava. O patrão do Júlio, um advogado mais velho, obtinha por terceiros informações detalhadas sobre o cotidiano dos juízes. Aquilo era útil nas manobras da sua profissão, ele sabia, mas com o tempo a possibilidade de usar aquelas informações na condução dos processos deixou de ser sua única motivação e a vida até dos ex-juízes e ex-desembargadores tornou-se objeto do seu interesse e de seus comentários.

Parecia existir naquilo um significado maior e, afinal de contas, era gente que o velho advogado tinha conhecido bem, com quem tinha lidado em muitas situações, ao longo de anos, pessoas cujos pensamentos e emoções ele havia examinado até o fundo e com a agudeza mais fria — não conseguia deixar de ter um certo apego. E uma vez que Júlio era quase um discípulo seu, o patrão partilhava com ele aquelas histórias como se houvesse em tudo uma espécie de lição para os mais jovens. Só que nunca ficava claro qual era o sentido da lição.

— Não é para condenar que usamos o computador — respondeu a juíza. — Ainda não é, pelo menos que eu saiba. Mas o senhor não usa computador? Sei onde comprar um modelo bom. O senhor vai poder acompanhar os processos do seu escritório, em casa.

Queixo erguido, o juiz olhou para a porta — para a rua. Pedro olhou também. Lá fora, os dois meninos com camisetas imundas que chegavam aos joelhos atravessaram de uma calçada para a outra. Descalços, passos vagarosos, não pareciam sentir o calor do calçamento de paralelepípedo, que rebrilhava cor de prata no dia ensolarado. Os dois vieram para a porta da livraria sem dar a menor atenção ao olhar fixo e à cara francamente hostil do segurança de paletó e gravata.

Um dos meninos parou um instante, levantou o bico da garrafinha de plástico, aproximou do nariz e logo escondeu a garrafa de novo dentro da camiseta. Ossos salientes em vários pontos da pele dos braços. Ossos finos, em leque, visíveis no peito do pé. Agora parado, se via ainda melhor a pele dos pés e das canelas, recoberta por um borrão fosco, seco, em cor de fuligem, acúmulo de várias camadas de poeira da rua. Mesmo assim a unha de um dedão tinha um brilho rosado na luz do meio-dia. Metidos no cabelo embolado do garoto, Pedro avistou uns três ou quatro fiapos de estopa que balançavam de leve e às vezes, em certas posições, também rompiam faíscas na batida do sol.

O juiz olhava, Pedro olhava. O sol de chapa sobre a rua riscava a carvão os traços finos dos dois garotos na moldura da porta da loja. Gestos moles, os dois tinham os olhos vermelhos, os ombros faziam uma curva por baixo do pano da camiseta, as pontas dos ombros voltadas para a frente. O segundo menino, riscos roxos de pele esfolada na testa, parou também, um passo à frente do amigo. Fingiu levar o bico de sua garrafinha até os lábios, como se fosse beber, mas se deteve um pouco antes de encostar ali e apenas inalou pela boca.

— Não é isso, eu já tenho computador, eu mexo um pouco — respondeu o juiz. — Aliás, já que a senhora falou, não sente raiva da maneira como eles reproduzem os passos de um processo ali na tela de vidro? Remessa, despacho, vista... Uma listinha vagabunda. Parece que foi feito só para desmoralizar o nosso trabalho, a nossa ciência. Não, não é disso que estou falando, eu me refiro à sentença, à nossa intervenção, sabe, quando a nossa palavra se converte em força. Veja, neste mundo a eletrônica constitui um estatuto superior, quem vai negar isso? A eletrônica pode até não ser, mas aos olhos do mundo vale por uma autoridade em si mesma. E o que vale é só o que importa, esta é a chave de toda a nossa ciência. Então é isso, lá está. — O ex-juiz ergueu e moveu as duas mãos como se esticasse uma linha no ar. — Uma sentença inscrita em prótons e elétrons. A física pura, uma instância expurgada até a última partícula. O poder por excelência, que sintetiza, executa e perdura, numa esfera impalpável. É isso o que eu queria experimentar... quer dizer, eu acho que é isso.

Pedro sabia aonde iam os dois meninos. Dariam uns poucos passos para a esquerda e iriam parar na porta da loja de internet, vizinha à livraria. Pedro tinha visto algumas vezes: os dois, aqueles dois ou outros dois, ficavam na porta, olhavam lá para dentro com cara de torpor, de sono, mas com uma atenção, com uma avidez que achavam mais prudente disfarçar.

Primeiro punham um pé no degrau que dava entrada para a loja, espichavam o pescoço e a cabeça para dentro e avaliavam se poderiam entrar ou não. Dependia do humor de quem tomava conta, dependia do movimento na loja, dependia do estado e do funcionamento dos computadores, dependia do mau cheiro entranhado na roupa que os dois vestiam ou do odor que vinha de suas garrafinhas de plástico — dependia de muita coisa, mas às vezes eles entravam, por alguns minutos ficavam parados, de pé, ao lado de alguém que estava ali jogando no computador. Um homem, um adolescente, nunca menina ou mulher. E os dois acompanhavam os lances como se também jogassem, como se fossem eles também os desenhos, as figuras, as formas de vida que, na tela, corriam e pulavam — como se fossem também deles os olhos, o olhar, cuja visão o jogo representava, numa imagem que tomava a tela toda.

Os jogos pela internet eram quase o único negócio ali dentro. Olhos fixos, ombros contraídos, as fibras salientes na pele do pescoço, o jogador afunilava-se inteiro, sem sentir, até reduzir-se a um só nervo, bem esticado, que seguia direto dos olhos à ponta dos dedos no comando das teclas e dos botões. Era um ambiente até que silencioso — Pedro notou desde o início. Com fones nos ouvidos, os jogadores em geral ficavam sozinhos, sentados na frente da tela. No máximo, soltavam uns gemidos, uns resmungos por trás dos dentes.

Às vezes, Pedro ia ali para ver se havia mensagens ou pedidos de livros para ele no computador. Se a livraria e a rua estivessem muito paradas, o movimento fraco, ele se demorava na loja vizinha e observava. Por isso já tinha visto aqueles dois meninos descalços e alguns outros iguais a eles. Por isso tinha visto, um dia, de manhã, dois meninos de uns dez anos, no máximo, em uniformes de escola, sentados em cadeiras de plástico branco, diante de um computador.

Um deles jogava com só um fone num ouvido — a orelha direita livre. O outro acompanhava de pé ao seu lado, curvado para a frente: dava instruções, incentivava, repreendia. As mochilas dos dois estavam no chão, juntas, muito cheias, estufadas. As alças se entrecruzavam, murchas, caídas. As duas mochilas estavam escoradas num pé da mesa de plástico sobre a qual ficava o computador.

O menino que jogava era magro, cabelo preto, crespo e cerrado como uma touca em volta do crânio meio pontudo na parte de cima. Usava uns óculos um pouco grandes para seu rosto estreito. Os olhos pretos piscavam e moviam-se num passo tímido, mas curioso e vivo, enquanto os óculos escorregavam toda hora para a ponta do nariz, o que o obrigava a afastar a mão dos botões e, rapidamente, empurrar os óculos de volta para o lugar. Seus dedos sujavam as lentes. Da cadeira onde estava sentado, ele tinha de esticar a ponta dos pés para baixo para conseguir alcançar o chão e tomar apoio, quando o braço fazia um movimento mais brusco ou mais largo sobre as teclas.

O outro, a seu lado, tinha uma cara mais gordurosa, os braços fornidos e moles, mesmo no pulso, em torno do qual se formavam na pele duas pregas de gordura. Incapaz de conter-se, ele sacudia no ar as mãos redondas para reclamar da hesitação do amigo, enquanto avançava aos solavancos a pequena cabeça afoita, em forma de esfera, até chegar a um palmo da tela. Falava em voz baixa, mas num ritmo ansioso, brusco. As palavras enrouqueciam. A saliva fervia na boca e de vez em quando ele era obrigado a enxugar os lábios com as costas da mão. O outro, o que jogava, nada dizia, não parecia incomodar-se.

Na tela, Pedro viu um homem de calça comprida de cor verde, segura por um cinto preto. Camiseta branca sem mangas, sapatos brancos, na certa um par de tênis. Tinha o cabelo preto e curto, bem crespo. A pele toda igual, contínua, numa tonalidade bem dosada de café com leite. Era jovem, mas adulto, e Pedro logo percebeu que aquele homem personificava o menino, o jogador: os movimentos dos dedos, as decisões do garoto, acendiam a vontade instantânea daquele corpo.

Em seguida, Pedro se deu conta do que o cenário representava. A maior parte era ocupada por asfalto — ele notou desde o primeiro relance, havia mesmo algo muito familiar naquela superfície plana. Asfalto com faixas brancas no meio e nas bordas — tracejadas, contínuas ou duplas, que realçavam as retas e as curvas das pistas. Mas não eram ruas, como Pedro supôs de início. Nem avenidas, nem mesmo estradas na zona rural. Nas margens, não havia casas, prédios, nem lojas, não havia matas, pastos ou plantações.

Achou então que era uma pista de corrida, uma competição de carros num autódromo. Mas o homem de camiseta sem mangas estava a pé sobre o asfalto, as pernas levemente flexionadas, os braços musculosos um pouco afastados do corpo — não era um piloto, não vestia uniforme, não havia sinais de uma atividade esportiva. A cabeça olhava para um lado e para o outro, o tronco um pouco inclinado para a frente, o corpo visivelmente ágil, na posição de quem está pronto e ansioso para correr, entrar em ação.

Os óculos do garoto que jogava refletiam a cor do asfalto. As lentes eram, de ponta a ponta, atravessadas pelas faixas brancas das pistas, que reluziam. Não eram mesmo ruas, e sim viadutos, pistas elevadas sobre pilares tão altos que nem se cogitava onde ficaria o solo, a terra firme. O que se apresentava eram elevados e vias expressas que se cruzavam no ar, se ramificavam, passavam por cima e por baixo uns dos outros, em curvas, em mergulhos, em retas de fuga, em retornos que voavam para um patamar ainda mais alto, e tudo se somava para formar um mundo à parte, isolado, completo em si mesmo, onde alguma coisa grave estava em jogo.

O que o garoto escutava no fone de ouvido, Pedro nem imaginava o que podia ser. Além da mureta que margeava as pistas de asfalto, Pedro avistou ao fundo uma espécie de céu, um azul lambido, morto, com nuvens de ferrugem. Uma ou outra ponta se erguia bem ao longe, no vazio. Talvez um edifício alto, ou alguma torre de transmissão de energia ou de telecomunicação — não importava: dava para notar que estavam ali só para constar, não tinham parte no que ia acontecer.

O garoto que dava instruções insistiu de repente: "Vai logo, vem para cá, corre para este lado". E o homem de camiseta sem mangas encolheu-se, deu um pulo. Em movimentos harmoniosos de um atleta que se controla e não perde o ritmo, começou a correr exatamente na direção em que o garoto sacudia a mão gorducha.

O primeiro carro que apareceu não era de corrida, mas de passeio, um carro em tudo banal e pacífico. Surgiu devagar, até cauteloso demais, numa curva, no canto da tela. Ao volante estava um homem gordo, de camisa desabotoada até a barriga, bem proeminente. O jovem de camiseta sem manga parou de correr, tomou posição no acostamento da pista, um pouco agachado junto a uma placa de trânsito, como se quisesse esconder-se, pernas e braços flexionados e meio abertos. Enquanto os dedos do menino pairavam alerta acima das teclas do computador, o carro se aproximou.

Era evidente que o motorista estava distraído nos próprios pensamentos — suas dívidas, sua dieta, suas multas de trânsito —, quem sabe ouvia uma música do seu tempo de juventude no rádio do carro, e por isso, na hora em que os dedos do menino sibilaram sobre as teclas velozes, o homem gordo ao volante nem deu sinal de reação. O protagonista de pernas ágeis saltou contra a janela do motorista, que estava aberta, pendurou-se no carro em movimento, agarrou-se com o braço dobrado ao pescoço do homem gordo e apertou-o, o que fez a cabeça do homem inclinar-se para trás. Com a outra mão, o jovem abriu a porta e puxou o motorista para fora. Os dois rolaram no asfalto, em movimentos que não eram perfeitamente contínuos ou realistas, longe disso, mas sim mecânicos, entrecortados. O carro perdeu velocidade e, à deriva, devagar, foi bater na mureta no outro canto da tela, onde ficou parado, de porta aberta, motor ligado.

Palavras em inglês apareceram no pé da tela, algumas abreviadas, acompanhadas de números e de pequenos símbolos. Letras piscaram. O gordo estava caído no asfalto, o jovem estava montado sobre ele, prendendo seus braços contra o chão com os joelhos. "Dá só um soco e corre, não precisa gastar tiros", falou o menino de pé para o mais magro. O homem de pele cor de café com leite ergueu a mão no ar e golpeou, na direção do chão. Levantou-se e correu para o carro, com os mesmos movimentos atléticos das pernas. O motorista ficou estirado onde o outro o deixou e, em seguida, com os traços de uma bolha que estoura no ar, sumiu da tela.

"Vê se o carro pega. Olha, é melhor pedir gasolina, mas só um pouco, não precisa muito", insistia o menino mais gordo, enquanto o jovem de camiseta sem manga sentava no banco do motorista. Logo fechou a porta, deu marcha a ré, virou o volante e partiu pelo asfalto. Ganhou velocidade, as pistas entravam em cena da direita para a esquerda, vinham ao encontro do carro oferecendo desvios, bifurcações. As linhas brancas tracejadas corriam para baixo das rodas à medida que o carro se deslocava para a frente. De novo, palavras em inglês acenderam na parte de baixo da tela, uma contagem numérica se movimentou e se apagou também.

Um caminhão de combustível, um micro-ônibus escolar, um táxi — havia poucos veículos no caminho. Mesmo assim, o carro do jovem cor de café com leite os ultrapassava com guinadas bruscas. Para onde estava indo? Numa outra pista elevada, ao fundo, passou em sentido contrário uma viatura da polícia, com a luz vermelha acesa no teto. Viam-se homens de uniforme através da janela. Palavras em inglês apareceram no pé da tela, ao mesmo tempo que uma onda de agitação vibrou nos dois meninos, embora o jovem que dirigia o carro nem tenha virado a cabeça para aquele lado.

O menino mais gordo e de pé agitou-se, bateu o pé no chão. "Eles vão vir por trás, igual da outra vez, não deixa", avisou. O garoto de óculos — que agora já tinham escorregado e estavam no meio do nariz — não hesitou. Os dedos fizeram um floreio sobre as teclas e, com o polegar estendido, ele atacou duas vezes, firme, um botão maior, já desbotado pelo uso e que estalou, meio frouxo, a cada toque.

Em resposta, o jovem de camiseta sem mangas virou o volante do carro, que naquele momento avançava em boa velocidade, e ao mesmo tempo pressionou o freio até o fundo. O carro tombou na mesma hora em que ele abriu a porta, saltou e rolou pelo asfalto com agilidade, com um total controle do tempo e do espaço, o que se traduzia nos movimentos medidos do seu corpo. O carro, com as quatro rodas viradas para cima, atravessado no caminho, deslizou sobre o asfalto, até chocar-se com um táxi que veio de trás.

Algarismos acenderam e apagaram na parte de baixo da tela, seguidos de símbolos. Caracteres japoneses acenderam e apagaram no canto. O impacto dos dois carros foi tão forte que o óleo derramou-se na pista e os dois veículos queimaram numa fogueira. "Até pegou fogo", empolgou-se num susto o garoto de pé. "Agora pega a pistola, a pequena. Olha a bala, só um pente", e vibrava com a rapidez e a previdência do próprio raciocínio.

De fato, enquanto um número piscava duas vezes no alto da tela, surgiu uma arma na mão do jovem de pele cor de café com leite. Ele moveu a cabeça para um lado e para o outro com o mesmo gesto uniforme, num ritmo de máquina, de novo com as pernas e os braços levemente flexionados, a postos para correr.

A mancha alaranjada do incêndio e a fumaça se erguiam ao fundo, quando surgiu uma motocicleta pelo canto da pista, em velocidade reduzida. O rapaz encolheu-se como da vez anterior e, quando a moto se aproximou, ele saltou sobre o motociclista. Os dois voaram abraçados, enquanto a moto tombava e deslizava sobre o asfalto. O jovem de camiseta sem mangas desembaraçou-se do corpo do outro, estirado no chão, de braços abertos, e correu aos pulos para a moto. Levantou-a com as mãos nas pontas do guidão, montou no assento preto e, sem hesitar, partiu na contramão em alta velocidade.

Números correram de novo no pé da tela, valores cada vez mais altos, a contagem prosseguia, animou-se, Pedro percebeu, enquanto a moto, em guinadas bruscas que acompanhavam o dedilhado corrido do garoto sobre as teclas, desviava dos veículos que vinham na sua direção. Os dois meninos moviam de leve a cabeça para um lado e para o outro, em resposta aos movimentos da moto. Soltavam chiados de prazer com a língua por trás dos dentes, quando a moto raspava na lataria de um carro ou de uma caminhonete ou se desequilibrava, mas não caía. Alguns motoristas tentavam desviar e acabavam batendo em outro veículo ou na mureta, desastres que a moto deixava para trás em seu rastro: num deles, o braço do motorista desacordado pendia inteiro para fora da janela, a mão mole quase tocava no asfalto.

Numa bifurcação, surgiu um carro de polícia — os guardas com braços na janela, armas apontadas, óculos escuros — e avançou de um bote quase em cima da moto. Mas o menino, já com os óculos lá embaixo, na ponta do nariz, martelou o teclado com os dedos indicadores das duas mãos num repique feroz. A moto inclinou-se muito, desviou da investida policial, derrapou e assim, mesmo raspando parte da lataria no asfalto, conseguiu escapar pelo outro lado da bifurcação, num ângulo e numa direção que o carro da polícia não poderia acompanhar — não havia meio de fazer a manobra com rapidez.

Dali, a moto deu uma arrancada em alta velocidade pela pista vazia. Mais adiante, após uma curva, surgiu um cavalete com listas amarelas e pretas atravessado no asfalto: havia uma obra na pista e o rapaz que pilotava não conseguiu frear a tempo. A moto dessa vez caiu, escapou de suas pernas, deslizou pelo asfalto, bateu na mureta e, depois de parar, também desapareceu no ar feito uma bolha que estoura. O rapaz rolou pelo chão para o lado oposto, até esbarrar no cavalete.

Números dispararam agora no canto direito da tela, num

quadradinho cujo título tinha caracteres japoneses. "Você não viu a placa, não?", reclamou o garoto de pé. O menino no comando do teclado esticou o indicador e empurrou os óculos para o lugar, de novo no alto do nariz. Depois esticou as pernas para baixo, apoiou-se com a ponta dos pés no chão e ajeitou-se melhor na cadeira.

O rapaz de camiseta sem manga levantou-se, avançou com os mesmos passos saltitantes para o canto da pista, de novo com os joelhos e os braços levemente arqueados. Nos viadutos e elevados ao fundo, em curvas suspensas no espaço, veículos deslizavam. Pareciam planar, até sumir por trás de outros viadutos ou no canto da tela. Duas nuvens sem cor pairavam no alto, à frente do mesmo céu meio queimado. Enquanto isso, os olhos dos dois meninos percorriam a tela de um canto a outro, à espera ou em busca de alguma coisa.

A pausa durou pouco. Logo apareceu um carro bonito, aberto, conversível, com largos frisos cromados. Esse carro não tinha o aspecto pacífico do outro: sua presença exprimia arrogância — era o portador ostensivo de algum valor, de algum poder especial. Era dirigido por uma mulher de óculos escuros e blusa decotada, que reduziu a velocidade por causa da placa que indicava uma obra à frente. Os dedos do menino correram no teclado, o rapaz de pele cor de café com leite pulou sobre a motorista, exatamente o mesmo pulo das vezes anteriores. Mas ela resistiu, empurrou-o com o braço livre — o outro braço segurava o volante. "Vai, não pode perder tempo, pega logo a pistola. Não vai atirar só porque é mulher?", atiçou o menino de pé, num tom de voz impaciente, que dava a entender que se fosse ele agiria mais rápido.

O cabelo liso e amarelo da mulher estremeceu quando o rapaz de camiseta sem manga de fato pegou a pistola que trazia na cintura e atirou. O efeito instantâneo foi ativar uma contagem numérica em dois quadrinhos na parte de baixo da tela. Uma outra contagem, agora de tempo, piscou num ritmo de aviso ou de alerta, no outro lado. E a mulher, no banco do carro, desapareceu também como uma bolha de sabão que estoura no ar.

Pedro via tudo isso perfeitamente, pois estava sentado diante do computador vizinho ao dos meninos, e quase não havia intervalo entre as duas mesas de plástico. Dali, sua observação não atrapalhava em nada o jogo e a verdade é que ele não conseguia desviar os olhos da tela e dos garotos. Já havia passado a participar mentalmente das decisões, começava a ser assimilado pelo andamento do jogo. Voava junto com aqueles carros, movia-se com os braços e as pernas do rapaz de camiseta sem mangas, já de todo esquecido do que tinha vindo fazer ali — esquecido das mensagens de uns três clientes, moradores de outras cidades, que ele precisava responder.

No bolso do uniforme escolar dos meninos estava estampado o nome do colégio, nome e sobrenome de um antigo presidente da república. Na pele do braço gorducho do garoto em pé estava colado uma espécie de adesivo comprado na banca de jornal, a figura de um monstro dentuço de olhos vermelhos, sanguinários, garras nos dedos e pelos arrepiados em todo o corpo. Quando o garoto erguia o braço para gesticular, o monstro ficava a pouco mais de um palmo dos olhos de Pedro e parecia ganhar vida, animado pela palpitação do músculo e da gordura por trás da pele do menino. Sob as patas inferiores do monstro, Pedro leu as letras da marca de um chiclete.

Dentro do bolso da camisa do garoto, por trás do nome do antigo presidente, dava para ver, através do pano fino, dois chicletes ainda na embalagem. Havia riscos azuis de caneta na ponta dos dedos do menino. Mas os dois garotos não eram os únicos ali, naquele momento: um rapaz de uns dezoito anos jogava num computador três mesinhas adiante, mais no fundo. Cabeça raspada, pescoço um pouco encolhido entre os ombros, uma correntinha dourada em volta da gola da camiseta, outra correntinha no pulso esquerdo e fones largos sobre os dois ouvidos, ele nem se dava conta da agitação dos garotos. Concentrava-se com toda a força nos movimentos do cano e da mira de um fuzil, à sua frente, à altura dos seus olhos, como se a arma estivesse nas suas mãos. A ponta do fuzil preto, grande, ondulava para um lado e para o outro, obedecia ao seu comando, no teclado, à medida que uma sucessão de corredores e ruas tortuosas avançava na tela ao seu encontro.

"Não vai atirar só porque é mulher?" Para Pedro, o jogo pareceu reduzir o ritmo quando o menino falou assim: o jogo pareceu encolher-se por trás do vidro do monitor, empalidecer. A atenção de Pedro foi suspensa. Ou pelo menos se desfez a sincronia entre o que Pedro percebia na tela e o que pensava. Não que o jogo tivesse parado, ao contrário, até se acelerou, tomou um rumo mais definido e Pedro, um pouco adiante, mesmo desatento, entendeu que o propósito principal dos jogadores era destruir carros da polícia e seus ocupantes por meio de manobras acrobáticas, com tiros e bombas. Tudo aquilo que havia acontecido até então eram só preliminares, aquecimento. O jogo era um desafio demorado. Guardava o registro das maiores pontuações obtidas: a data e o nome ou codinome dos jogadores recordistas.

Os garotos descalços, sujos e abraçados a garrafinhas com solvente, não chegavam aos computadores, não jogavam — pelo menos Pedro nunca tinha visto. Mas eram aqueles jogos que eles queriam acompanhar, nem que fosse ali da porta mesmo, meio de longe, encolhidos contra a parede, os olhos acesos, o pescoço esticado para o lado de dentro, um pé apoiado no degrau de entrada, o outro, do lado de fora. Nas ações e imagens da tela eles pareciam procurar um contato, alguma sintonia. Havia uma ânsia especial na sua atenção, estava bem claro, Pedro percebia: uma exigência e uma confiança de que seus desejos iriam se cumprir. Procuravam e cobravam uma forma aceitável, uma figura fácil de ser reconhecida e preenchida por seus desejos, linhas que atiçavam mais ainda aquela vontade e davam a ela uma espécie de corpo.

— O que vamos fazer? Afinal, não temos forca. Então vamos deixar que eles mesmos se enforquem — disse a juíza, em tom conclusivo, numa impaciência que já não se continha, falando para o seu ex-professor, o ex-juiz, que havia falado sobre as prisões, os condenados. Ele agora segurava e folheava o livro de um cientista americano: um livro ainda novo sobre a seleção natural, mas com uns rabiscos brutos, à caneta, sobre a capa. A juíza, por sua vez, tinha aberto um livro grande, um livro de mesa, patrocinado por um banco, sobre um artista europeu que fazia grandes instalações com automóveis batidos ou meio incendiados, tudo criteriosamente disposto sobre um piso limpíssimo e lustroso, de mármore ou de granito recoberto por uma resina transparente, a julgar pelo que se via nas fotos.

Quando folheou aquele livro para avaliar o preço que ia cobrar e que algarismos ia escrever a lápis no canto superior da folha de rosto, Pedro viu os carros destroçados, expostos nas páginas de papel grosso, e pensou nos restos de acidentes que tantas vezes encontrava no seu caminho para a casa de Rosane. Eram eles o gargalo que às vezes explicava o longo engarrafamento — ou que pelo menos davam algum sentido ao trânsito arrastado e aos vinte ou trinta minutos quase sem sair do lugar. Primeiro, ainda de longe, ouvia-se alguma sirene. Depois, de repente, surgiam um, dois ou três automóveis desfigurados, moídos por dentro e por fora — o asfalto arrepiado por cacos de vidro. Ou então aparecia um ônibus completamente vazio, meio torto na pista e com um afundamento de quase um metro na parte traseira, sem que se avistasse em parte alguma o que poderia ter batido ali, algo que, pelo aspecto dos ferros, só poderia ser enorme.

Os passageiros do ônibus de Pedro esticavam o pescoço para ver. Erguiam-se um pouco, se estavam sentados nos bancos do outro lado. Os passageiros de pé tinham uma visão melhor, podiam virar a cabeça à medida que o ônibus avançava devagar, freando quase a cada metro. Só muito aos poucos o ônibus deixava o desastre para trás. Ficava o medo, algum lamento preso na boca fechada, e também a sensação de que daquela vez a sorte havia ajudado pois aquele não era o seu ônibus. Dependendo do caso, um passageiro podia fazer uma piada seca, sem risos.

Pedro estava de pé, mais ou menos abraçado à sua mochila. Com a outra mão, segurava-se no tubo de metal acima do encosto do banco à sua frente. Por isso, nesse novo ônibus, em que pretendia chegar ao Tirol e à casa de Rosane, não podia mais ler o livro sobre Darwin para passar o tempo. No entanto, mesmo de pé e com pouco equilíbrio, abalado pelas freadas repentinas, conseguiu colocar nos ouvidos os fones do rádio. Ligou, sintonizou uma estação e enfiou o aparelho no bolso da calça, junto com o chaveiro, que chacoalhou de leve, frio ao toque dos dedos.

A mesma locutora de antes conversava com uma outra mulher. Pela voz, que saltava elástica de uma palavra para outra, Pedro achou que a locutora devia ter uns vinte e oito anos e a outra mulher, cujo sopro vibrava meio sujo e raspava na garganta e nos dentes, já devia passar dos cinquenta. Falavam de uma futura reunião do Banco Central americano. As decisões sobre os juros eram previstas, em números inteiros e decimais, e as possíveis consequências das variações dos decimais pesavam muito nas palavras das duas mulheres.

Depois voltaram a falar dos barris de petróleo, da bolsa de valores local, festejaram alguma notícia relativa a um saldo e a um déficit, já agora expressos em bilhões redondos. Esmiuçaram até a casa dos centésimos a cotação de remuneração de certos títulos com base nos preços internacionais do aço e da soja, resgatáveis em dois e em quatro anos, se é que Pedro tinha entendido direito. (*Mas por que quatro anos?*, pensou.) E a mulher entrevistada, que bafejava uns ares de especialista e pisava as sílabas com autoridade, aproveitou para zombar de quem tinha feito previsões erradas, catastróficas. Enfatizou com mais números e percentuais o alcance daqueles enganos e o benefício dos acertos: os seus acertos. Logo as duas se despediram, animadas, com votos de um bom fim de semana: uma iria para a praia, a outra para a serra.

Então era isso, Pedro quase riu ao saber: no dia seguinte, a tal mulher iria para a praia. Devia estar contente por ter acertado suas previsões, por ter confiado nos ganhos e, em prêmio por sua lealdade, agora iria para a praia. Não uma dessas praias por aqui, mais próximas de casa, é claro, uma praia aonde se chega de metrô — uma praia afastada, um hotel de chalés bem separados uns dos outros. Iria com aquele mesmo namorado de cabelo grisalho, que a levaria até lá em seu carro. De novo o lampejo, a imagem completa num quadro só: os dentes da locutora rebrilhavam com força, na mesma luz que se refletia, em cheio, na areia da praia — sob um sol de soja, à beira de um mar de aço.

Dentro do ônibus, um homem fazia força para passar entre as pessoas e chegar à porta de trás. Carregava na mão esquerda, como um cacho, quatro ou cinco sacolas de plástico de supermercado bem cheias. O plástico se esticava para baixo e sem querer, com um tranco, o homem tirou Pedro do seu devaneio. O peso das sacolas obrigava o corpo do homem a se manter curvado. Era difícil fazer as sacolas passar entre as canelas dos passageiros. Enquanto isso, às vezes meio à força, o homem enfiava a mão livre rente às costelas dos passageiros que estavam de pé na tentativa de segurar-se nos tubos de ferro à medida que ia andando.

As pessoas em geral se encolhiam para ele conseguir segurar-se e passar. Até se debruçavam para a frente, por cima de quem estava sentado, a fim de alargar o espaço no corredor. Reclamavam, mas alguns chegavam a prender a respiração e encolher a barriga quando o homem avançava com as sacolas e espremia as costas dos passageiros dos dois lados. No alto, as mãos de todos mudavam de posição, seguravam-se como podiam no tubo que corria no teto.

Pela cara, o sujeito que ia descer devia estar esgotado. O braço magro, com a ruga de uma cicatriz bem visível entre o cotovelo e o pulso, chegava a tremer, puxado para baixo pelo peso das sacolas. Uma veia inchava no pescoço curtido de sol e, numa linha trêmula, subia até contornar a orelha e sumir por trás do cabelo. Dentro das sacolas, Pedro conseguiu adivinhar uma garrafa de plástico de óleo de soja, cenouras, um saco de arroz, talvez duas latas de leite condensado.

O ônibus parou, abriu a porta de trás, o motorista esperou que o homem saísse. Pelo espelho retrovisor interno, lá na frente, Pedro viu um terço do rosto do motorista se mexer: a pele escura com espinhas, a parte branca dos olhos bem destacada, a agitação dos dois círculos pretos, alerta, na tentativa de localizar alguém no aglomerado de gente. Por fim, o homem começou a descer a escada da porta de trás. Agora, uma das mãos um pouco à frente, só com duas sacolas, e a outra mão recuada, com o resto das sacolas plásticas. E assim, degrau por degrau, meio de lado, ele conseguia se equilibrar enquanto descia.

Pedro estava de costas para aquela parte do ônibus. Virou a cabeça, mas não pôde ver muito bem o que havia lá fora. Já havia começado a escurecer, só que o dia não queria ficar escuro: prédios acanhados de dois andares, janelas e portas encolhidas, grades pretas de ferro, tudo reto e construído bem perto da rua. Quase não havia calçada — as janelas do ônibus passavam muito próximo das janelinhas de alumínio, com vidro canelado para não se enxergar o que havia lá dentro. Faixas de pano pendiam meio frouxas, letras pintadas à mão indicavam: Cabeleireiro, Aula de Inglês, Explicadora, Conserto de TV, DVD, Elétrica e Hidráulica. Isso ele ainda leu, ainda viu, enquanto o ônibus fechou a porta e deu a partida, sacudindo-se e afastando-se do ponto e do canto da rua, onde o asfalto era ainda mais desnivelado do que no resto.

Sorte daquele sujeito que desceu aqui, pensou Pedro, e alguns outros deviam ter pensado a mesma coisa. Sorte dele que não tinha de continuar no ônibus e ir até o Tirol. Claro, pensando bem, Pedro também não era obrigado a ir até lá naquela noite. Não precisava continuar dentro do ônibus. Era fácil, era só descer ali mesmo, atravessar as quatro pistas e, do outro lado, pegar o ônibus de volta. Olhe: lá vinha um, até meio vazio, dava para ir sentado. Só que nem passava pela cabeça de Pedro a possibilidade de voltar.

Aquele ir e vir nos fins de semana, aquele movimento de entrar e sair do Tirol, repetido tantas vezes, o simples deslocamento pelas ruas compridas dentro do ônibus com um destino determinado, a oeste, sempre na direção do sol, o sol poente, mas aceso na sua testa quase até o fim — tudo aquilo bastava para criar e recriar com mais força toda semana um lado de fora e um lado de dentro. Não era preciso, talvez, mais do que isso para fabricar uma linha divisória tão eficaz que, por mais que Pedro não quisesse acreditar naquilo, e por mais que de fato não acreditasse, acabava se vendo obrigado a integrar-se, a assimilar a separação que parecia vigorar em toda parte. Acabava forçado, também ele, a tomar parte daquilo. Menos do que convencer, menos do que apresentar razões, era uma coisa que o impregnava — assim como impregnava Rosane e seus vizinhos. Pedro notava. Eles, muitos deles, resistiam, negavam, se opunham, queriam se opor o mais possível, cada um a seu modo — procuravam escapar. Mas aquilo se impunha à força, de todas as direções, sem descanso. Não dependia do raciocínio nem da opinião de ninguém.

No caso de Pedro, havia uma diferença. Ele não precisava ficar no Tirol. Sempre saía de lá domingo à noitinha, para voltar só na sexta-feira seguinte. E sabia disso muito bem: uma questão de tempo, de dias. O Tirol para ele tinha horário certo. Pedro podia nem ir lá, na verdade, podia ficar na casa de sua mãe — onde o ar e o cheiro, onde as paredes e o chão, de casa e da rua, onde a luz da janela e tudo parecia tão diferente e assinalava — de um modo brusco e até petulante — uma segurança e uma distância em relação ao Tirol.

Só que no caso de Pedro ultimamente havia mais do que isso. O Tirol, confundido com Rosane, ou quase tomando o lugar dela, ou mesmo tomando o lugar das pessoas que, como Rosane e sua família, moravam lá — o Tirol exercia uma espécie de atração, às vezes violenta, que Pedro queria rechaçar. Mas de alguma parte, sem ele entender, surgia em Pedro um impulso de se agregar, de desaparecer ali: a sugestão meio brutal de que aquilo tudo era um predicado seu, um dom, e que fazia parte dele mais do que qualquer outra coisa.

E o movimento do ônibus, por caminhos tão bem marcados, as pistas abertas entre o casario pobre e sem fim — desde a fila no ponto final, em companhia de passageiros que ele já conhecia de vista — para não falar do esforço do motorista em conduzir o veículo, que se somava ao esforço do próprio motor barulhento e maltratado para carregar aquela gente, aquele peso, até o fim da linha — tudo isso sublinhava e confirmava toda semana o mesmo impulso. Assim, através das sextas-feiras, as semanas corriam sem parar, uma a uma, para dentro de outras semanas.

Pedro não ia descer no meio da viagem. Na verdade, agora, quase ninguém mais entrava no ônibus e mesmo os que saltavam eram muito poucos. Distraído com o rádio, que de fato não dava nenhuma notícia do Tirol, mas falava de engarrafamentos do outro lado da cidade, Pedro ficou um tempo sem observar o que se passava à sua volta. De repente, ao levar o tranco do homem que saltou com as sacolas, ele se deu conta de que entre os passageiros não havia tanto falatório quanto no ônibus anterior. Também já não notava, do lado de fora e em outros ônibus, os olhares diferentes, ansiosos, dirigidos para ele e para os passageiros.

Claro, aquele não era o ônibus do Tirol, era uma outra linha, um ônibus até pouco usado, pouca gente conhecia. Além do mais, ia só até a praça da Bigorna, antes de virar e afastar-se mais ainda do Tirol. Pelo que Pedro entendeu, era onde teria de saltar. Era onde outras pessoas diziam que iam descer, para depois seguirem a pé, cada um no seu rumo. Pedro ainda não sabia para que lado ir, mas contava com as informações que lhe dariam — assim esperava. E afinal já fazia algum tempo que Pedro andava por aqueles lados. Tinha alguma noção dos principais pontos de referência: a linha do trem, o viaduto, a vasta mata de brejo que pertencia ao exército. Sabia mais ou menos como situar esses pontos em relação à rua de Rosane.

Quem sabe ela já está em casa? — pensou pela primeira vez. Pensou de novo, e de novo — se apegou à ideia com força, com gosto, *quem sabe?* Tentava imaginar Rosane já em casa, porta fechada, janela fechada, com o pai, com a tia, tentava imaginar Rosane na cozinha preparando qualquer coisa para ele comer — nessa noite não iriam ao supermercado, ela não iria ao colégio, não haveria aula. E logo imaginava os pulsos finos de Rosane sobre a beira da pia de pedra mármore, imaginava a ponta de osso saliente na sua nuca — a ponta da primeira vértebra, que se deslocava de leve por baixo da pele quando ela mexia a cabeça ou abria a boca por pouco que fosse. Imaginou as penugens na nuca, logo acima dessa ponta de osso, o toque áspero, o arrepio —

até que de repente, na outra margem da avenida onde o ônibus seguia, uma avenida de quatro pistas, num total de doze faixas de asfalto curtido, trincado na secura de sol e na acidez da fumaça dos motores, de repente passou bem devagar e um pouco acima das janelas um imenso cartaz de publicidade do tamanho do ônibus.

O rosto familiar de uma mulher jovem, magra, meio irreal em suas linhas longas demais. Os olhos imensos, fixos, dois globos de vidro, cegos para a poeira e as cinzas à sua frente, também não se interessavam nem um pouco pelo movimento dos veículos na avenida. Ela estava meio deitada, mole, um jeito de tédio, de quem não sabe se vai levantar, de quem não precisa de nada. Era ela mesma, a tal mulher, Pedro viu bem, pois o ônibus agora ia muito devagar, mal andava na verdade: em vez de se distribuírem em faixas paralelas, os veículos se amontoavam enviesados à sua frente e à sua volta. Faróis aflitos no crepúsculo, lanternas vermelhas, ora fracas, ora fortes, na ânsia de encontrar uma passagem impossível.

Era a mesma mulher que, quando aparecia num anúncio da tevê, Rosane reclamava, virava a cara com raiva, chegava a mudar de canal. Era a mesma mulher que aparecia tantas vezes nas bancas de revistas, em cartazes nas ruas, nos shoppings. Rosane não suportava. Ficava visível até na pele do rosto, que de repente escurecia, esquentava — uma contração irritava o beiço de Rosane, as sílabas atravessadas no fundo da boca. "Antes eu achava linda", disse uma vez. Tudo isso por causa de uma amiga que, tempos antes, trabalhava com ela na fábrica de mate. Lado a lado, as duas viravam os copinhos de plástico sobre a esteira rolante, verificavam e ajeitavam às pressas a folha metalizada que servia de tampa, quando estava dobrada ou solta. Milhares de copinhos que passavam sem parar.

Bem mais velha do que Rosane, sua amiga contou que, antes de vir para a fábrica de copinhos de mate, tinha trabalhado nove anos numa loja grande, de roupas, com vários andares e escadas rolantes. Falava como se tivesse sido um tempo feliz, e na certa, a distância, tudo parecia ainda melhor. Ganhava três salários mínimos, vale-transporte, vale-refeição, seguro-saúde, de vez em quando umas gratificações por venda. Casou-se com um colega da loja, teve um filho, comprou uma casa em prestações. Tudo rápido, em sequência: a pressa, a sensação de que só existe uma chance.

Toda hora a empresa abria lojas novas, em várias cidades, não parava de crescer. Um dia correu a notícia de que iam contratar aquela mulher, a tal dos anúncios, para fazer uma campanha de publicidade da loja, e logo divulgaram por toda parte quanto iam pagar a ela: milhões, muitos milhões, em moeda estrangeira. Tantos milhões que os números até se confundiam nas informações trocadas às tontas entre funcionárias e funcionários.

De um dia para o outro, contou Rosane para Pedro, numa noite, na frente da televisão — contou conforme sua amiga havia contado, na fábrica de mate, enquanto as duas reviravam os copinhos de plástico já cheios de mate adoçado com um caramelo feito de milho —, de um dia para o outro, as vendas da loja aumentaram como ela nunca tinha visto naqueles nove anos. Os fregueses entravam em bandos. Depois, com roupas seguras nas duas mãos, em cabides ou dobradas dentro de sacos plásticos, as pessoas faziam filas que se arrastavam junto às caixas. A amiga de Rosane dizia que os fregueses pareciam desabrigados de alguma enchente na ânsia de apanhar donativos.

Mas os fregueses não se contentavam com o que tinham nas mãos. Enquanto esperavam nas filas, pensavam melhor, refaziam as contas, a mente perdia-se em números, era visível. Eles olhavam para os lados, na dúvida, e muitos acabavam indo pegar ainda mais mercadorias, sob o olhar sempre meio descontente da tal mulher, estampada em imagens de gigante e em cores taxativas que cobriam as paredes da loja do chão até o teto, de uma parede até a outra.

Em compensação, três meses depois, primeiro a loja retirou das empregadas todas as comissões por vendagem. Depois reduziu a um terço o vale-refeição. Também passou a descontar do salário o preço do uniforme que as funcionárias eram obrigadas a vestir. Depois obrigou todas a fazer um seguro-funeral, descontado no salário. A loja parou de dar o vale-transporte completo para quem pegava dois ônibus. Dali a semanas, passou a cobrar no fim de mês por um lanchinho, um café com bolachas e margarina, que era servido para as funcionárias à tarde, numas mesinhas rolantes nos fundos da loja. Eliminou os quinze minutos de descanso que justificava aquele lanche. E por fim, na véspera de um feriado mais longo, demitiu de uma só vez todos os empregados antigos, aqueles de nove e dez anos de trabalho, para contratar outros, mais jovens, por um salário mínimo e mais nada.

A amiga contou que ela e o marido, também demitido, tiveram de devolver a casa, perderam as prestações já pagas. Tiveram de alugar uma outra, muito pior e minúscula, que o filho estranhou. O menino passou a roncar de bronquite, havia uma espécie de umidade nas paredes ou na tinta rala, através da qual se viam as estrias dos tijolos. E ainda perderam uma geladeira por não poder pagar as prestações. Na mudança, também tiveram de se desfazer de alguns móveis que não cabiam na casa nova.

Ela contava e recontava muitas vezes para Rosane, com poucas palavras, frases cortadas no meio, mas aparecia um detalhe novo e muito vivo cada vez que a história era retomada. A mulher falava com tanta sinceridade que, ao contrário do que era de esperar, a repetição não chateava Rosane, não diluía a história no vaivém dos copinhos de mate, no rolamento maçante da esteira, na zoeira dos motores no galpão da fábrica. Rosane percebia como a colega ficava comovida, via que naquela comoção já nem havia mais revolta, nem a memória da revolta, nem sequer um desejo de revolta incompreendido. Falava em voz baixa: não a voz de quem protesta, se lamenta, mas de quem pergunta para si mesma — a voz de quem cansou, já queimou até as cinzas e só quer entender como é possível.

A mulher contava enquanto as mãos — cobertas com luvas de borracha grossa, apertadas, um pouco duras demais nas articulações dos dedos e impróprias para aquele trabalho — enquanto as mãos não paravam de procurar os copinhos de mate com defeito para consertar se possível e pôr de lado se não fosse. Os movimentos repetidos, dela e de Rosane, o virar e o revirar tão certeiros do pulso das duas marcavam com um toque de escárnio, de máquina, tudo aquilo que ela contava — a geladeira devolvida, a bronquite do menino, as antenas de baratas nas rachaduras das paredes da nova casa, fendas marcadas por uma espécie de ferrugem nas bordas. Em pouco tempo o doce daquele refresco dava náusea em Rosane. Só de sentir o cheiro, só de ver alguém abrir um copinho num bar ou na rua e ver o líquido escuro bater de leve na borda, uma ânsia fina e azeda subia na garganta.

Pior foi quando o pulso de Rosane começou a doer. Bem de leve no início, nada mais do que uma ponta de agulha, uma aspereza que de vez em quando arranhava lá dentro. Rosane levantava a mão e sacudia de leve no ar, para cima, para baixo. Esfregava depressa com a outra mão para ver se passava. E passava, ao menos por um tempo, e ela continuava a trabalhar.

Só que a dor recomeçava sempre, aumentava pouco a pouco, até que uma noite, deitada na cama para dormir, mesmo com o corpo todo quieto, a pontada no fundo do pulso ganhou força, rigorosa, se prolongou mais e mais. Daquela vez não quis parar. Rosane virava para um lado, para o outro. A cama guinchava.

Na penumbra a porta empenada do armário se abriu sozinha. Ela olhava para a cara de uma de suas bonecas de pano ali na cama, fitava seus olhos de algodão, chamava à memória alguma daquelas frases de que gostava, na tentativa de distrair a inflamação na ponta do braço — "sorria na entrada e ganhe um amigo na saída". Mas qualquer esbarrão ou movimento, por mais leve que fosse, logo reacendia a fisgada: crescia, cortava, parecia varar pelos dedos. O amigo e o sorriso fugiam no escuro. De manhã, depois de um sono muito ruim, o pulso estava inchado, a carne formigava latejante. Ela não podia nem tocar na pele com o dedo que a dor por ali se espalhava num choque de muitas pontas.

A médica da fábrica, afobada para ir embora — e isso pouco depois de ter chegado —, a médica deu a ela um dia de dispensa. No dia seguinte, diante da esteira de metal em movimento, Rosane mal tentou segurar um copinho de plástico e logo ele caiu da sua mão. Soltou um grito curto, chorou sem barulho, o pulso encolhido no meio do peito, os ombros curvados para a frente. Preso dentro da boca, um outro gemido subiu e demorou a terminar.

Levaram para o departamento médico: dessa vez, era um homem e o doutor lhe deu três dias. Disse para ela descansar, não se machucar de propósito só para ficar sem trabalhar, disse para ela não bancar a esperta que ele conhecia aqueles truques. Mas uma colega na portaria sugeriu que Rosane fosse a um hospital pequeno da prefeitura, deu o endereço, deu o nome de dois médicos que trabalhavam lá durante o dia — outras colegas já tinham ido. Se Rosane fosse naquela hora, ainda teria chance de ser atendida.

Com o braço encolhido no peito, o pulso e a mão cada vez mais inchados, a pele tão esticada que ela nem reconhecia o próprio braço, Rosane pegou o ônibus para o hospital. Não havia lugar para sentar, mas uma outra moça levantou e lhe deu o assento. A cada solavanco do ônibus, o braço de Rosane doía mais forte. A dor vinha de baixo para cima, parecia subir dos pneus, do asfalto: o piche escuro, a borracha — a cor do mate. Só de pensar nos copinhos de refresco ela agora até se assustava, tinha uns calafrios na cabeça.

O médico de fato atendeu Rosane, depois de duas horas de espera num banco. Ao lado dela, também esperando, uma mulher gorda, de uns sessenta anos, com ar de envergonhada, abafava a tosse com uma toalhinha embolada na mão. Embaixo do banco, um gato deitado sobre as patas encolhidas se lambia devagar. Branco, de focinho preto, o gato levantava a cabeça de vez em quando e os olhos verdes raiados de preto miravam Rosane através dos vãos entre as ripas do assento de madeira.

O sol batia de quina na folhagem de uma mangueira, alguns metros à frente, perto de uns carros estacionados e de uma ambulância sem uma das rodas da frente e com o eixo suspenso num cavalete. Árvore jovem, mesmo assim com mangas ainda miúdas já inchadas na ponta de hastes verdes. Rosane sentia, adivinhava aquelas hastes repletas de sumo, de resina. Mas por trás da massa de folhas, quase espremidas umas nas outras, no aperto dos ramos, nem dava para enxergar os galhos negros da mangueira. Algumas folhas tinham pintas pretas, isso dava para ver de fora: folhas de uma cor oleosa, que ia do verde a um tom de ferrugem ou de fogo.

Rosane via como a luz do sol mudava de cor ao rebater na folhagem, e de tanto olhar percebeu também, lá atrás, no miolo da copa da árvore, o escuro fechado, um negror de gruta, na parte mais interna. Suspenso, longe do chão, isolado em pleno ar, ali dentro se formava um abrigo camuflado. O olhar de Rosane, atraído para aquele ponto, imaginou insetos, morcegos, pôs lá dentro e no fundo um silêncio, olhinhos acesos em brasa no escuro, mesmo quando o meio-dia queimava no céu.

O caso não tinha nenhuma novidade para o médico, depois de quinze anos naquele posto de saúde. Um homem com quase sessenta anos de idade, ar cansado, rosto contraído por rugas meio avermelhadas que vinham de trás, de todos os lados, e se concentravam em leques ao redor dos olhos e da boca. Dava para ver um maço de cigarros no bolso do jaleco. O pano branco riscado de cinzas finas.

Olhou rápido para o pulso de Rosane, resmungou de boca fechada, lábios torcidos, e só depois olhou para a cara dela: no rosto muito jovem viu duas olheiras, os cantos da boca para baixo, ossos ainda mais pontudos na pele repuxada por arrepios causados pela dor no pulso. O médico pegou a ficha sobre a mesa velha, de ferro, rabiscou duas linhas às pressas, olhou para trás, sobre o ombro, para um canto da saleta meio escura, à procura de alguma coisa.

— Tem gesso aí hoje? Vamos engessar de uma vez. — Olhou ligeiro para Rosane. — Essa fábrica de vocês, hein? Só tacando fogo.

No final, disse para ela voltar quando o gesso ficasse folgado, porque o braço devia desinchar logo. Ele ou outra pessoa ia pôr outro gesso no lugar daquele. Era ruim, mas paciência. Sem gesso, iam mandar Rosane de novo para trabalhar com os copinhos e ela ia ter de ficar lá, em pé, até sua mão cair dura no chão.

Abriu uma gaveta, revirou um monte de comprimidos em cartelas de plástico, escolheu uma cartela com seis e deu para Rosane tomar um por dia, até o fim. Deu também um atestado em letras ilegíveis, uma folha com carimbo e assinatura: duas semanas no gesso. Mandou Rosane tirar uma cópia e guardar. Repetiu: tirar uma cópia e guardar.

— Você já sabe o que eles vão fazer com você no final, não é? — Olhou para Rosane, mais devagar dessa vez. Uma espécie de simpatia, quase sem nenhum calor, acalmou os riscos amarelos, tremidos, dentro dos olhos do médico. — Pelo menos seu pulso vai ficar bom. É só não arrancar o gesso nem meter na água, feito esses seus amigos malucos que vêm aqui.

Rosane foi demitida pouco depois das duas semanas do atestado. Descontaram como faltas os dias que não trabalhou antes de engessar o pulso. Descontaram o lanche que ela comia, luvas que rasgaram na sua mão, toucas de pano que ela perdeu, descontaram copinhos que se haviam furado na esteira, descontaram as sapatilhas, da cor dos copinhos, que tinham furado as solas no piso quente de ferro — descontaram minutos de atraso, na entrada e no almoço, catados com pinça matemática, centavo por centavo, ao longo dos últimos quatro ou cinco meses.

Na parede do departamento de pessoal onde Rosane foi acertar as contas, havia um cartaz grande e colorido. Falava de um programa de preservação de um tipo de ave marinha que vivia numa ilha deserta. O programa era patrocinado pela fábrica de copos de refresco, o cartaz trazia a marca do seu logotipo — a silhueta de uma prancha de surfe atravessada por uma palmeira em meia curva. Diante do cartaz, sob as asas brancas e compridas da tal ave marinha, que esticavam o céu e relaxavam o horizonte de uma ponta à outra da foto, Rosane recebeu e assinou os documentos da demissão.

Longe de ficar triste, foi um alívio ir embora: trabalhando ali, de salário, com os descontos normais, ela quase que só ganhava o bastante para pegar o ônibus e comer. Não tinha horário fixo, era obrigada a fazer horas-extras a qualquer momento e sem a remuneração devida por isso, havia mudanças de turno a toda hora e sem aviso, e por isso ela teve de largar o colégio: seus dias, mal nasciam, eram tomados um a um, em troca de quase nada. Além do mais, um cheiro constante de xarope ou de óleo engrossava o ar dentro do galpão, se acumulava aos poucos no fundo do estômago num enjoo constante. Isso para não falar no barulho:

ela chegava em casa com a cabeça num tal estado que tinha de ficar de olhos fechados durante quase meia hora, de cara metida no travesseiro. Nem ver televisão ela aguentava.

Depois de tirar o gesso, começou a fazer fisioterapia num hospital em outro bairro. Em vez do ônibus, ia a pé para economizar. A sala ficava num subsolo um pouco úmido: uns quinze pacientes ao mesmo tempo — perna, ombro, joelho, coluna. Gente mancando, torta — era até engraçado: às vezes eles riam uns para os outros, só de ver junto aquele bando de estropiados. Deitada sobre uma prancha fria com o braço preso a um aparelho de ondas curtas, Rosane aguardava o fim dos vinte minutos da aplicação, olhando os mapas que o mofo desenhava no teto. Um rádio tocava do outro lado do subsolo, dava notícias do trânsito, da bolsa de valores, de algum assalto, das condições de voo nos aeroportos e da previsão do tempo para o dia seguinte nas cidades do país inteiro.

A fisioterapeuta, muito jovem, vinda de um outro estado, com uma pronúncia diferente da letra S, voz baixa e boca sempre muito vermelha, convenceu Rosane a procurar os advogados de uma certa associação. Era de graça, disse. Você tem direito, disse. Para Rosane, *direito* significava que tinha de tomar alguma coisa de alguém — alguém que tinha tomado uma coisa dela.

Mas não adiantou nada, contou Rosane para Pedro, diante da televisão, depois de mudar o canal para não ver a cara da tal mulher dos anúncios, toda comprida, lustrosa, deitada num gramado, com uma garrafa de refrigerante na mão. Eles tinham uma porção de causas na justiça iguais à minha, eles tinham um funcionário no tribunal a quem pagavam para empilhar as pastas dos processos num canto — contou Rosane. Me disseram, e contaram que as pilhas já estavam quase no teto, alguém entrou lá e viu — viu as manchas de mofo na cartolina, viu até aranhas nas pastas, na parede, contou Rosane. E se abraçou a Pedro no sofá. Os dois braços em volta do pescoço, a cabeça enfiada com força no vão embaixo do queixo, o corpo abrupto, bem encolhido, para ficar o mais perto dele possível.

Pedro achou que o desamparo repentino não era tanto por causa das aranhas, das teias nas pastas dos processos empilhadas. Mas as aranhas também deviam ter algum peso, ali. Em resposta, ele apertou Rosane de leve, com os dois braços. Sentiu os ossos por trás da pele quente, lisa — ossos articulados em várias direções, encolhidos e dobrados, quase por cima dele. E agora, de pé no ônibus, com um braço levantado para segurar-se na barra de alumínio do teto e o outro abraçando a mochila na frente do peito, Pedro, por um segundo, pensou se aquelas aranhas nas pastas dos processos eram grandes, pequenas, ou pintadas, imaginou se tinham escamas sobre o corpo ou um revestimento semelhante ao couro — *coriáceo*, como dizia o autor do livro que ele trazia dentro da mochila.

Pois aconteceu que o autor do livro sobre Darwin, em certa página, também se havia entusiasmado com as aranhas. Pareceu até se vangloriar da "quase infinita" variedade de aranhas que o cientista inglês disse ter encontrado ao percorrer o território tropical — mais exatamente uma região que não devia ficar muito longe do local agora tomado por aquele engarrafamento em que o ônibus de Pedro estava parado, ou onde seus pneus só avançavam uns poucos metros de cada vez.

Segundo o livro, Darwin tinha ouvido falar de teias tão fortes que eram capazes de capturar um pássaro. Nunca chegou a ver nada parecido, na verdade, mas também não achava impossível: ele bem que gostaria que fosse verdade — entendeu Pedro. Em suas explorações, Darwin constatou que o impossível, de fato, era avançar por uma trilha na mata sem que teias de aranha cortassem o seu caminho. E nelas sempre encontrava uma fonte de interesse.

Havia, por exemplo, uma aranha minúscula que se alojava na teia de uma outra aranha, enorme, e ali vivia com direitos de parasita. O naturalista deduziu que, para a dona da teia, a aranhazinha menor era uma refeição insignificante. Apenas por isso não só não se dava o trabalho de comê-la, como ainda a protegia. Deixava que ela se alimentasse de insetos minúsculos como grãos de poeira, agarrados pela teia, que não tinham nenhum proveito para a aranha maior. Aquela tolerância surpreendeu muito o cientista, pois as aranhas grandes pertenciam a uma espécie francamente sanguinária: não era raro se atacarem umas às outras, sem motivo algum, sobretudo quando eram de sexos opostos.

Observador, todo ele curiosidade, o viajante não se cansava de provocar as aranhas. Admirou a arte com que a pequena parasita, quando ameaçada, esticava as patas dianteiras para cima e se fingia de morta. Empolgou-se com a técnica de fuga e de camuflagem da aranha maior: quando alguém a incomodava, ela corria para o lado oposto da teia, percorrendo uma pista central, tecida ali expressamente com essa finalidade.

Mas se essa mesma pessoa tão curiosa, indagadora, ainda não satisfeita com o que havia observado, incomodasse a aranha de novo — digamos que empurrasse ou espetasse o corpo do inseto com uma vareta, comprida o bastante para manter o pesquisador a salvo de uma picada venenosa, arriscada —, nesse caso então a aranha se colocava exatamente no centro da teia. As extremidades dos fios, a toda volta, estavam presas em ramagens finas, de pouca resistência. Assim, naquela posição, a *Epeira* começava a sacudir a teia com toda a força do seu corpo, até que se produziam movimentos oscilatórios tão rápidos que a teia virava um borrão esbranquiçado no ar e nela a aranha ficava invisível.

Na Inglaterra não havia nem uma fração daquela variedade de aranhas, "quase infinita". Pedro, por algum motivo, teve a impressão de que a ênfase, o deslumbramento numérico, dava também vazão a uma cobiça. Desconfiou da sua própria impressão, espantou-se, quis negar, esquecer. Mas o desembaraço do viajante ao intrometer-se na vida das aranhas, ao cutucá-las, ao bisbilhotar suas teias complicadas e ao meter a mão nos fios para desprender as presas e verificar o efeito do veneno — contar em quantos segundos morria a vítima —, por algum motivo tudo isso ainda incomodava Pedro. Além do mais, aconteceu que Darwin se referiu de novo a uma vespa e uma aranha — como Pedro tinha lido algumas páginas antes, numa folha com um rabisco de criança, a lápis, sobre as letras. Mas agora a vespa é que era a presa: capturada na cola dos fios da teia.

Essa aranha tinha a estratégia de reforçar a teia com duas faixas laterais. Quando a vespa esbarrou nos fios e demorou a desprender-se, ou não conseguiu mais livrar-se, a aranha correu para a extremidade da teia. Com um movimento brusco, puxou com as patas uma daquelas faixas laterais e, com ela, cobriu sua presa. Depois correu para o outro lado, puxou a outra faixa que ela havia tecido e passou-a também por cima da vespa. Lançou mais alguns fios sobre a vítima de modo a formar um verdadeiro casulo em torno dela.

A aranha então sossegou um momento, descansou talvez, examinou a vespa indefesa bem de perto, à procura de um ponto adequado para picá-la, injetar o veneno. O casulo de fios de teia não era obstáculo para seu ferrão e o ponto ideal era, tinha de ser, claro, o tórax da vespa. Segura de seus poderes, a aranha se afastou alguns passos à espera do efeito do veneno — peçonha tão forte que o cientista apressou-se em abrir o casulo entre os dedos, após menos de meio minuto, para constatar que a vespa, bastante volumosa, já estava morta.

Para fazer isso, ele deve ter enxotado a aranha com a mesma vareta comprida, pensou Pedro. Ou vai ver que jogou a aranha no chão, como fez com outras, quando queria verificar como elas reagiam sob ameaça. Quem sabe o que incomodava Pedro era mesmo isto: para que o viajante tinha de saber como as aranhas reagiam sob ameaça? O que havia de tão bom naquelas ameaças? De onde vinha aquela atração encarniçada por presas e predadores? Que segredo tão importante poderia haver naquelas teias, naquelas minúcias?

    E Pedro lembrou mais uma vez a cena do Darwin numa balsa com um escravo, cruzando um rio: ficou muito bem descrito como o escravo reagiu sob ameaça. Os dois atravessavam um rio, numa balsa — o que haveria na outra margem? O que o cientista queria tanto lá? Mais aranhas, mais lesmas. Recolher, classificar. Para o escravo, o que isso interessava? E foi no meio da travessia, longe das duas margens, que aconteceu. A mão do sábio, no ar, no alto, ameaçou o escravo — ou o homem entendeu assim. E o que mais havia de pensar? A vara comprida, grossa, nas mãos calejadas, a vara metida na água barrenta, empurrava a balsa para a frente, calcando o fundo do rio. E ele, o escravo, reagiu — como pôde, como sabia. Se fingiu de morto, se fez de invisível.

    De pé no meio do ônibus, abraçado à sua mochila, Pedro olhou para baixo. Viu que a mulher sentada no banco, diante de seus joelhos, tinha adormecido. A cabeça pendia mole para a frente, oscilava para um lado e para o outro, com o balanço do ônibus. De vez em quando a cabeça sacudia mais forte para voltar ao meio, alinhar-se com a coluna vertebral. Mesmo assim, apesar dos solavancos da cabeça, a mulher não acordava. Era um sono raso, medido — um sono cavado pelo seu cansaço, na primeira oportunidade que teve.

    Com a cabeça abaixada, a nuca ficava toda à mostra, sob os olhos de Pedro. A blusa sem mangas e de alças finas deixava exposto um largo trecho de pele, dos ombros até o início da região dorsal. As vértebras sobressaíam na pele, que o peso da cabeça esticava para a frente. E Pedro leu ali, na raiz do pescoço, como um colar, as letras tatuadas em roxo, manuscritas com voltinhas nas pontas. Diziam: "Flávia, minha vida".

Mulher jovem demais: Flávia devia ser a filha dela, pensou Pedro. Deve ter sido um parto ou uma gestação difícil, pensou também. Um bebê prematuro, deve ter ficado doente nas primeiras semanas. A mãe, só uma menina — pelo que ele via —, devia ficar acordada quase a noite inteira. Para vigiar, para dar os remédios, para ver se a criança não tinha engasgado, se não tinha parado de respirar no escuro — e toda hora um novo susto. Quem sabe a filha esperneava, os olhos e o nariz contraídos, com uma febre que varava a madrugada e a manhã, uma febre que entrava pelo meio-dia e esticava, até o último segundo, as horas da tarde daqueles dias que pareciam não acabar.

A mãe não descansava: limpava, fervia e refervia tudo, muitas vezes zonza de sono, quase às cegas. Esfregava os olhos para despertar. A vizinha emprestava o bujão de gás, ou quem sabe alugava, pensou Pedro (agora ele não conseguia parar de pensar naquilo). Quantas vezes levava a filha ao hospital e esperava na fila até que alguém viesse atender. Um dia, quando a mãe já estava quase acostumada, quando parecia que viver tinha de ser assim e, sem perceber, ela já corria o risco de depender de tudo aquilo para sentir-se mãe — mãe do cansaço, mãe da vontade sem forças, mãe das horas sem ação —, de uma hora para outra, a febre da criança baixou, o nariz secou, respirou mais solto. A menina voltou a se alimentar, engolia. A cabeça conseguia se manter erguida e se firmou sobre o pescoço, que a mãe tinha enfeitado desde o início com uma fita rosa. Os olhos pretos, ainda encharcados, minúsculos, enxergavam, reconheciam. Flávia, minha vida.

Há quanto tempo isso tinha acontecido?, pensou Pedro. Com quem estaria a criança a essa hora, enquanto ela estava ali no ônibus? A mãe na certa era sozinha, sem marido, pensou também. Talvez sem família nenhuma, ou com um pai ou mãe hostil. Na certa ela nem mesmo queria saber de marido, nem de pai nenhum. Sozinha, ocupou uma casa minúscula, espremida contra a parede de uma revendedora de carros abandonada, por exemplo. Porta de tábuas finas, pregadas. Talvez com chão de terra, que ela varria — água, só em latões que ela mesma trazia de fora, os braços trêmulos com o peso. Assim como as mulheres que Pedro tinha visto mais de uma vez perto da casa de Rosane. A *beira do canal, a área dos barracos*, explicava Rosane — e era fácil, era só falar umas poucas palavras para nascer mais uma separação, uma área diferente.

Com o ônibus parado, Pedro pensava rápido, a cabeça voava, e ele imaginou que mais tarde, um ano depois, digamos, a mãe da Flávia já arranjou meios de ir melhorando sua casa aos poucos. Ou quem sabe foi outra coisa: quem sabe não foi a criança, mas sim ela mesma, a mãe, essa menina sentada ali no ônibus, que ficou doente depois do parto. Quem sabe foi ela que escapou por pouco e daí veio a tatuagem, "minha vida". Pedro, ao pensar nisso, parou um instante. Inspirou e soltou um sopro demorado pelo nariz. Olhou para fora, pela janela do ônibus, e quase sem notar pensou: Na certa ela tem uma cicatriz por baixo da camiseta.

Isso porque Pedro lembrou também uma outra coisa: uma amiga de Rosane, colega da escola noturna, que morava a duas ruas da casa dela. Os braços fortes, os ombros eretos chamavam a atenção. Olhos cortantes e cheios de vida, ressaltados por sobrancelhas peludas, que se moviam em todas as direções — os olhos em simetria com as duas ondas que desciam nos cabelos partidos ao meio, uma para cada lado da cabeça. Às vezes, quando Pedro ia pegar Rosane no colégio, na sexta-feira à noite, essa colega saía com eles e os três caminhavam juntos, conversando até a casa de Rosane ou até a porta do supermercado onde Pedro e Rosane iam fazer compras.

Ela trabalhava num mercado menor. Na aula, perguntava ao professor sobre a ortografia e a concordância dos cartazes que ajudava o gerente a escrever no mercado. Ria e fazia pouco das dificuldades e durezas do trabalho, as muitas horas em pé, os fregueses abusados, os atrasos no pagamento, o banheiro horrível. Dizia com satisfação que o gerente confiava mais nela do que em ninguém. Mas nunca desmerecia nenhum colega. Via muito bem os hábitos errados, as manias tacanhas, as escolhas desastradas. Mas comentava de um jeito compreensivo — até mais do que isso: de um jeito que resguardava os colegas das suas próprias fraquezas.

Pedro e Rosane achavam muito bom ouvir a moça falar. Sobre qualquer assunto. Parecia enxergar mais longe, tudo ficava mais largo: enquanto falava, sempre num tom ligeiramente grave, o espaço crescia à sua volta, o mundo se desdobrava em vários planos. A sensação era imediata, não vinha aos poucos, mas de uma vez só. A fala muito viva da moça cobrava a atenção constante de ambos, chamava para o seu domínio, e Pedro nem tinha tempo de pensar naquele efeito, analisar de onde vinha, como se formava.

Mesmo assim, ele via que, além dos braços e ombros fortes, o pescoço da amiga de Rosane subia com vigor. A cabeça inteira chamava a atenção pela firmeza da postura, dos movimentos. Também as pernas deviam ser robustas, pela agilidade no seu jeito de andar, pela segurança dos pequenos pulos e desvios abruptos que ela dava, forçada pelos obstáculos e buracos na rua. O estranho era que, no meio do corpo, da cintura ao início do peito, a mulher se afinava. No todo, dava um resultado elegante, até agradável de ver — se a pessoa olhasse rápido. Porque alguma desproporção persistia, algum desencontro morria por trás daquelas linhas. Pedro não prestava atenção, desviava, evitava conferir.

Falante, risonha, voz aberta, com um ponto rouco no fundo da garganta, três ou quatro vezes naquele trajeto à noite, na rua, ela acenou com os olhos, com um movimento das sobrancelhas, mudou de tom e disse: "Ele me ajudou, me ajudou muito". Quando passaram na frente de uma casa (na verdade, só se via uma estreita porta de ferro fechada, no meio de um muro alto). Ou quando ela encontrou um conhecido, que só acenou e seguiu adiante. Ou quando passaram por um homem barrigudo, sem camisa, que vendia peixes na calçada — todos do tamanho da palma da mão, com uns riscos de sangue sobre as escamas — arrumados em fileiras sobrepostas, como telhas num telhado, em cima de um tabuleiro forrado com um jornal encharcado. Ou ainda quando passaram por uma mulher gorda que fazia churrasquinhos sobre brasas acesas dentro do aro de ferro de uma roda de ônibus.

A moça se referia a alguém que morava ou tinha morado na casa diante da qual estavam passando. Ou se referia a um parente ou conhecido da pessoa com quem tinha cruzado na rua, ou àquela pessoa mesma que estava na sua frente, ou ao lado. "Ele me ajudou muito" — sorrindo, a moça esticava aquele "muito", injetava um sopro e um calor no m e no u, levantava um pouco a cabeça, estirando a duração da sílaba. E Pedro pressentia, pensava: "Ajudou em quê?". Rosane também não sabia — podia ser tanta coisa, acontecia de tudo com aquela gente, Pedro já tinha percebido.

E uma vez, uma noite, estava chuviscando. Apesar disso, a moça fez questão de acompanhar os dois até a porta da casa de Rosane. Em volta, o ar escuro. Os faróis dos carros tinham ficado para trás, cortavam de passagem, por um segundo, a abertura estreita onde a rua de Rosane fazia esquina com a rua principal, já longe de onde estavam. Perto de onde os três passavam, reflexos de luzes amarelas tremiam nas poças. A água escura se enrugava na batida dos pingos, que caíam do céu ou escorriam dos fios suspensos. Pouca gente na rua apertada — só uns vultos esparsos, adiante, a uns vinte metros.

Pedro e as duas moças, para se esquivar do chuvisco, se encolhiam debaixo de dois guarda-chuvas pequenos de mulher. Os ombros se esbarravam. A amiga de Rosane estava mais concentrada, mais séria naquela noite. Pedro e Rosane não sabiam o motivo, mas ela movia a cabeça num balanço pesado sobre o pescoço e os ombros duros. Largava uns suspiros muito soprados, que alargavam as suas pausas.

Na porta da casa de Rosane, de repente ela disse que se estava ali, se ainda existia, era por causa de Deus, tinha de ser: o que mais? "E também porque eu queria muito." Queria o quê, pensou Pedro — mas já pressentia. Rosane ouvia com um ar mais natural, talvez, mas também não perguntava. Aquele *muito* da moça era carregado, pesava: não ia embora. Alguma coisa tinha acontecido com ela mais cedo, naquele dia, pensou Pedro — com ela ou com alguém próximo —, alguma coisa que a obrigava a abrir a memória e a falar. Calada, a mulher reunia forças. Respirava fundo: as narinas e o pescoço estufavam de leve. Tinha de lembrar, resistir, tinha mais uma vez de voltar à fonte.

Debaixo dos dois guarda-chuvas, junto à porta da casa de Rosane, os três encolhidos por causa do chuvisco gelado, ela disse a idade. Trinta e dois anos. Não dava para acreditar — parecia muito menos. Ela riu: sabia disso. Pedro reparou então na pasta de plástico verde onde a mulher levava o material da escola. De um lado, tinha um adesivo com o desenho de um coração vermelho com traços de uma almofada, grande e acolhedor; do outro, a figura de um esquilo de olhos brincalhões, o sorriso de dois dentes enormes.

Já fazia muito tempo, contou a mulher, e o toque rouco na fala arranhou mais devagar. Quase ninguém lembrava mais. Na época ela morava na outra ponta do Tirol — levantou o queixo por um segundo, apontando a direção. Tinha acabado de fazer dezessete anos e estava assim, como agora, disse ela: na porta da casa, conversando, ainda com a pasta do colégio na mão. Só que era dia, uma e meia da tarde, mais ou menos. Houve uma pequena agitação na boca da rua estreita, lá na esquina, onde o tempo todo passavam carros pela rua principal, uma via de mão dupla. Só depois ela soube: um rapaz assaltou um ônibus, foi surpreendido por dois policiais, quis fugir pela porta de trás do ônibus, saiu correndo exatamente para aquela ruazinha, aos pulos, desajeitado, torto, com uma pistola na mão. Aos trambolhões, caiu. A arma disparou quando a mão, o braço esticado para a frente, bateu no chão.

A voz da mulher ficou mais lenta. Ela abriu muito os olhos, mirou o vazio, balançou a cabeça devagar, para baixo e para cima. Respirou e suspendeu as palavras num efeito ingênuo, teatral. Pedro viu: era mais para ela mesma do que para os dois ouvintes que ela fazia a cena. Além disso, estava claro que não era a primeira vez. Era uma forma também ingênua de dúvida e até de respeito: um pedido de aprovação dirigido para algo que se refletia nela mesma, mas que estava fora da experiência, fora do vivido.

Foi então que a mulher especificou em números o calibre e o modelo da pistola. Mostrou, com dois dedos bem separados no ar, o tamanho da bala. Indicou no corpo, com a ponta de três dedos bem unidos, onde a bala entrou, onde a bala ricocheteou por dentro, nos ossos, em seu caminho para um lado e para o outro, e por onde afinal saiu. Pedro teve a impressão de que a mulher fazia, com a ponta dos dedos, sobre o tronco, uma espécie de sinal da cruz mais complicado, mais largo e meio torto — mas sem a parte inicial, que começa na testa.

A mulher foi contando o que a bala destruiu ou perfurou no caminho: o baço, o pulmão, outros órgãos e uma outra coisa. Ela estava entrando no sexto mês de gravidez — disse. Inspirou devagar, contraiu as sobrancelhas e os lábios, os dedos se curvaram um pouco, só um instante. Pareciam querer agarrar alguma coisa no ar. Era para ter morrido quando chegou no hospital, explicou um médico, mais tarde. Era para ter morrido depois da primeira cirurgia, depois da segunda e das outras também, e — nem dava para entender, disse um médico — era para ter morrido enquanto ficou no CTI semanas seguidas, e depois, quando a pneumonia atacou seu pulmão furado. Mas ela aguentou, agarrou-se à cama de ferro amarelada, agarrou-se ao ar que respirava, teve visões: pessoas de branco, pessoas velhas, homens e mulheres, se juntavam em redor do seu leito no escuro. Por trás daquela gente desconhecida havia apenas um mundo vazio de tudo. Ela só ouvia a respiração daquelas bocas cheias de rugas verticais, concentradas à sua volta — um fôlego arrastado, fundo, um bafo que roçava com um toque morno sua pele, as suas pestanas, e deslizava rente às orelhas com um murmúrio.

E depois, já em casa, apareceram uma, duas, três pessoas — dessa vez conhecidas, mas apenas conhecidas —, vieram ajudar muitas vezes: com os curativos, os banhos, a higiene, os remédios, a conversa, a comida. E não só nas horas marcadas. Aquela gente que ela agora, tantos anos depois, encontrava andando na rua — empurrando uma bicicleta com o pneu furado, carregando no ombro uma velha escada de alumínio, de cinco degraus, coberta por respingos de tinta — aquela gente a levava no colo para o banheiro. Com todo cuidado, mantinham o frasco de soro erguido na mão do mesmo braço que a segurava por baixo dos ombros magros. (Até agora, anos depois, deviam lembrar o toque do osso em pontas por trás da pele.) Aquela gente acudia quando a mãe dela pedia ajuda, de dia ou de noite. Arranjavam tempo no meio de suas tarefas, do seu cansaço incessante, do seu sono a conta-gotas, e iam depressa à casa onde ela ficou, a casa da sua mãe. Empurravam a porta e entravam.

Então ali no escuro e no chuvisco, sem avisar, com a mão que não estava segurando o cabo do guarda-chuva, a amiga de Rosane levantou a camiseta. Na luz fraca e diagonal que vinha de um poste, sombreada por alguma ponta de galho ou pela beirada do guarda-chuva, que balançava e ora barrava a claridade, ora abria caminho para a luz, Pedro viu a cicatriz de quinze anos antes — a partir do abdômen, até quase o meio do peito. A marca lisa, mordida pelas cicatrizes paralelas deixadas pelos pontos cirúrgicos. A faixa vertical e contínua, que afundava muito e, de forma estranha, cavava em V a pele e a carne, bem no meio do corpo. Na surpresa, no choque, na penumbra, Pedro achou que era parecido com o meio de um livro aberto: o ponto onde a página par e a ímpar afundam em curva e se unem na costura ou na cola por dentro da lombada.

Era nesse ponto, nessa metade de um livro que o juiz, ou ex-juiz, o professor titular de direito aposentado e dono de vários imóveis alugados, que frequentava a livraria de Pedro, pousava o seu dedo comprido, de pele enrugada, com um tufo de pelos grisalhos em cada articulação, quando segurava na mão um volume aberto. Assim também naquela tarde, de pé, com uma destreza antiga, com um domínio satisfeito e soberano, ele sustinha aberto no ar, com o dedo estendido sobre a costura, o livro sobre Darwin. Acima do colarinho abotoado com pressão na raiz do seu pomo de adão nervoso, ele moveu a mandíbula meio mole para um lado, depois para o outro, sem abrir a boca. E aí comentou que, contra toda a expectativa, até que o livro fazia uma boa introdução ao assunto.

O seu interlocutor, na hora, era um advogado de uns trinta e cinco anos. Usava gravatas francesas, ternos ingleses e o preço do seu relógio daria, no mínimo, para comprar a parte de Pedro na sociedade daquela loja de livros de segunda mão. O cabelo quase louro era aparado com minúcia artística na nuca e na meia-lua acima das orelhas. O advogado tinha feito uma cirurgia plástica nas duas orelhas e mais recentemente uma outra cirurgia na ligeira papada: insatisfeito, mirou-se depressa no fundo cromado do seu computador de mão, que retirou do bolso para servir de espelho, e perguntou ao seu ex-professor o que ele achava, se tinha ficado melhor assim.

Em vez de responder, o ex-juiz preferiu falar de um juiz que ele tinha conhecido no início da sua carreira de advogado e que, em vez de orelha, tinha uma espécie de ameixa seca pregada num lado da cabeça. Diziam que tinha sido queimado com água fervente pela esposa ciumenta e, no tribunal, os advogados e as testemunhas precisavam ficar do lado esquerdo para o juiz conseguir escutar. Não se usavam microfones na época, explicou. O advogado, por sua vez, virou o computador de mão de novo para a posição correta e quis mostrar no pequeno monitor, para o ex-juiz, alguma jurisprudência arquivada na memória da máquina: esse era o tema da sua consulta informal ao antigo professor ali na livraria.

O advogado defendia uma empresa acusada de ter importado e vendido para hospitais públicos, durante mais de dois anos, placas de prótese metálica que, depois de um tempo no corpo dos pacientes, enferrujavam. Tinham algum defeito de fabricação nunca especificado nem esclarecido. A questão para o advogado consistia em adiar, reavaliar, questionar documentos, produzir petições, impugnar pareceres, perícias e testemunhas, além de evitar ao máximo a divulgação do caso, com a ajuda de uma bem selecionada e bem paga assessoria de imprensa. Havia nove anos que o advogado trabalhava na mesma causa com sucesso. Nesse meio-tempo, tinha casado e separado, comprou uma lancha de trinta pés e tirou carteira de arrais amador. Pedro separava para ele livros sobre lanchas, expedições náuticas, pesca submarina, assuntos em que o advogado descarregava seu entusiasmo e procurava relaxar.

Uma tarde por semana, quando possível, o advogado ia a uma organização beneficente e orientava os estagiários de um escritório-modelo de advocacia onde se prestavam serviços gratuitos. Ultimamente, por qualquer motivo, a causa mais frequente ali — causa que aliás entretinha bastante o advogado — era livrar ex-presidiários do pagamento da alimentação recebida na cadeia. Na verdade, boa parte dos presos não conseguia comer as refeições servidas nos presídios. Em geral era intragável, mesmo para quem estava habituado a comer muito mal, e todos sabiam disso: carne ou feijão quase estragado, às vezes até com larvas por baixo. Os familiares tinham de levar de casa mantimentos para o seu preso, mas só podiam fazer isso nos dias de visita — duas vezes por semana.

Portanto os presos acabavam comendo muito biscoito, bolo, alimentos mais duráveis. Outros presos, que não tinham parentes que pudessem ou quisessem ajudar, eram obrigados a pagar propinas para conseguir, ao menos de vez em quando, refeições toleráveis. Mesmo assim, comessem ou não, ao sair da prisão, todos tinham de pagar pela comida. Havia até um plano de pagamento em parcelas, conforme um regulamento — uma espécie de contrato que eles assinavam ao entrar, sem saber direito ou sem querer saber o que estavam assinando. Para o advogado e seus estagiários, não era difícil suspender a cobrança: procedimentos de rotina. Mas dava trabalho, era preciso redigir as petições, protocolar, percorrer varas e seções, fazer um passeio que cobria boa parte da máquina.

Era uma útil iniciação aos primeiros meandros e caprichos da lei e as faculdades encaminhavam os estagiários em pelotões para o escritório. Por outro lado, nem todos os ex-presos conheciam aquele escritório-modelo e não convinha mesmo divulgar muito o serviço. Mesmo assim não faltavam clientes.

O advogado com carta de arrais amador não tratava diretamente com os ex-presos: os estagiários os atendiam, preparavam os documentos em pastas, levavam o caso para o advogado, atrás de uma vidraça, numa saleta com ar-refrigerado e divisórias feitas de uma espécie de serragem ou restos prensados de papelão. O advogado só via os ex-presidiários de relance, quando esticava o olhar para além do vidro, entre os ombros dos estagiários. Avistava aqueles homens e mulheres escuros, sentados lado a lado, em cadeiras com estofamento de plástico que colava na roupa e na pele suada. Os rostos meio voltados para o chão, os olhares de lado, em faíscas, as cabeças e os ombros quase imóveis. O ar de desconfiança mais carregado à medida que a espera se estendia.

Os ex-presos também só viam o advogado de longe, por alto, através do vidro: o homem de terno, gravata vistosa, orelhas perfeitas, debruçado sobre suas pastas abertas. Ele virava as folhas, de vez em quando erguia um papel, apontava uma linha com o dedo para os estagiários e sorria — a luz branca refletia e crescia nos dentes. Até que chegava a hora em que ele sacudia o pulso esquerdo no ar, na altura da cabeça, franzia as sobrancelhas e olhava para o relógio, que então aparecia, preto e dourado, rente ao punho da camisa. Em seguida fechava as pastas sobre a mesa, erguia-se, puxava para baixo a aba do paletó abotoado, dava as últimas ordens aos estagiários e, em quatro passadas, ia embora pela porta dos fundos, direto para a garagem, onde seu carro ficava estacionado.

Pedro nunca tinha ido a uma prisão, nunca tinha conhecido alguém que tivesse ficado preso. Na verdade não tinha sequer visto uma prisão. Pelo menos, era o que diria se lhe perguntassem de repente e se ele não parasse para pensar melhor. Pois na verdade, um dia, num ônibus, Rosane apontou para ele uma parede enorme, toda amarela e com manchas de mofo, de uns doze metros de altura, sem nada escrito. Uma parede que ele tinha visto várias vezes, durante muitos anos — desde criança, na verdade, ao passar de ônibus —, sem que ninguém comentasse nada. No máximo ele pensava sozinho: "Que paredão". Com o tempo, até isso parou de pensar — só esperava a parede terminar de passar na janela do ônibus para ele continuar a ver a paisagem, a calçada, os prédios. Mas naquele dia, pouco depois de terem começado a namorar, Rosane apontou com o dedo através da janela aberta do ônibus e disse que um conhecido seu do Tirol estava preso ali.

Era uma prisão temporária, explicou Rosane, onde a pessoa aguardava a sentença, ou algo assim, antes de ir para o presídio propriamente dito. A espera podia demorar muitos meses e o tal conhecido de Rosane já estava lá fazia quase um ano. Pedro quis saber por quê. Aconteceu que numa tarde dois policiais entraram na casa de um vizinho do rapaz. Começaram a revirar as roupas com a ponta dos fuzis. Os panos se enrolavam no cano das armas, que os policiais então sacudiam, jogando as roupas longe, para cima. O rapaz, da janela, cantarolou uns versinhos de improviso para avacalhar a barriga e as orelhas grandes de um policial. Começou uma briga, acharam drogas dentro da roupa dele — ou puseram lá — tanto faz. Ele já tinha ficha na polícia pelo mesmo motivo.

Rosane conheceu aquele rapaz na escola aos seis, sete anos de idade, na turma dela, na alfabetização. Ia para a escola sozinho, sujo, e também ia embora sozinho: era o único que fazia isso. Muitas vezes faltava à aula. Algumas vezes chegava com o braço lanhado, tentava esconder com as mãos os riscos em brasa na pele. Depois se soube: a mãe batia com uma vara de marmelo — havia um pé de marmelo no terreno do casebre, talvez o único pé de marmelo em muitos quilômetros. A avó do garoto tinha plantado — ou tinha conservado o pé de marmelo, depois de derrubar as outras árvores do terreno — na certa com este mesmo fim, bater nos filhos, achava Rosane. Na escola, o menino vivia assustado. Empurrava os colegas, as meninas, puxava os seus cadernos, as folhas. Os cadernos dele viviam amarrotados, rasgados. As professoras se descontrolavam, perdiam a voz. Uma delas falava em peste, capeta. Ele enfiava a cabeça entre os ombros, se contraía todo e corria para a porta. Derrubava uma, duas cadeiras no caminho.

Foi crescendo e não conseguiu aprender nem o alfabeto direito. Rosane lembrava que, depois de uns três anos, ele foi para uma outra turma e mais tarde parou de ir à escola. Mas ela ainda o via na rua de vez em quando. Em troca de comida ou de qualquer dinheiro miúdo, ele ajudava em obras e reformas, descarregava caminhões de tijolos, empurrava carrinhos de mão cheios de cimento, não parava nunca. Era pequeno, mas forte. Os dentes tortos demais, o beiço meio caído — tinha pouca paciência, falava alto e meio que cuspindo. A maioria das pessoas nem gostava de ficar olhando para a cara dele. Quando tinha uns treze ou catorze anos, a mãe foi embora e ele ficou morando sozinho no casebre meio em ruínas, com o pé de marmelo do lado. Todo ano dava flores, dava frutas, que só os morcegos mordiam.

Rosane às vezes juntava pacotes de biscoito e bolos para mandar para ele, na prisão. Quem levava era uma mulher de uns quarenta e cinco anos que estudava no mesmo colégio noturno de Rosane. Essa mulher havia criado três filhos, já eram adultos, moravam sozinhos, e agora tinha em casa duas meninas, de sete e nove anos, cuja mãe estava num presídio, condenada a uma pena longa. Uma amiga, a vizinha, também ajudava. Tomava conta das meninas enquanto a mulher ia ao colégio. Agora — Rosane explicou no ônibus, ao lado de Pedro — agora o rapaz estava numa parte um pouco melhor da prisão, uma cela mais calma. Nos primeiros meses, na cela maior, ficavam dezenas de presos misturados. Para se defender, ele segurava a escova de dentes apertada entre os dedos como se fosse faca.

Mas agora, nesse outro ônibus em que Pedro estava de pé, abraçado à mochila contra o peito, sem notar o que fazia, ele observava o rosto dos passageiros sentados ou em pé a seu lado. A preocupação de antes sobre o itinerário e sobre as condições no Tirol não havia resistido ao cansaço do dia e ao torpor dos engarrafamentos em cadeia. Mais de metade dos passageiros cabeceava de sono e até o rapaz gordo, de camiseta branca e brinco de argola na orelha, que havia falado sobre a praça da Bigorna, dormia fundo, o queixo baixo, a papada caída sobre o peito.

Pouco antes, um passageiro que viajava em pé tinha conseguido contato pelo celular com uma prima no Tirol. Ele explicou para o passageiro a seu lado e Pedro escutou. A prima de fato ouviu falar que havia alguma confusão — uma invasão, talvez. Na verdade não tinha visto nada de estranho, mas por via das dúvidas estava com as janelas e cortinas fechadas. E também não ia perguntar a ninguém, nem ia sair de casa para verificar. Portanto, eles, os passageiros, continuavam sem saber.

E continuariam assim talvez mesmo depois de chegar lá, mesmo quando já estivessem dentro de suas casas, de portas e janelas fechadas naquela noite. Pois só perguntariam alguma coisa aos familiares e a pessoas muito próximas. Estas, por sua vez, também só procurariam alguma informação com familiares e pessoas próximas. Desse jeito, tudo o que teriam era uma multiplicação de boatos e versões discrepantes. Ninguém de fora viria apurar, tomar informações, nenhum noticiário da televisão daria sequer um aviso do que houve. Mas Pedro já não sabia dizer se era mesmo tão ruim que eles não soubessem o que de fato havia acontecido: a calma feita de cansaço e torpor que ele via agora no ônibus ainda parecia preferível à agitação e aos sustos do início da viagem.

Na certa Pedro pensava assim porque também estava cansado. Menos do que os outros passageiros — tinha certeza disso —, mas de novo sentia pontadas por dentro do tornozelo esquerdo. Ficar parado e de pé por muito tempo era a garantia de que ia doer, ia latejar a velha cicatriz. De novo, numa visão de momento, o jorro de cacos de vidro sobre as suas costas, enquanto ele estava deitado de cara na calçada; o pelo quase vermelho do peito do cavalo aceso bem diante dos seus olhos; o livro chutado pela rua; o cientista inglês provocando aranhas e vespas, afogando lesmas e mais lesmas. Pedro apalpou a mochila, tateou a forma do livro e o volume da sua carteira por trás do pano. Lá fora, o anoitecer se prolongava, o último sol ainda se recusava a baixar, enquanto dentro do ônibus a penumbra poeirenta ficava mais grossa, embaçada: um peso a mais nos ombros dos passageiros.

A preocupação com Rosane voltou de repente, mais forte. Pedro lembrou-se da pulseirinha em forma de corrente no pulso magro, de ossos salientes. Reviu os olhos pretos, as sobrancelhas muito finas nas pontas, depiladas com pinça, pelo a pelo, até desenharem uma curva suave. Pensou se Rosane estaria com o livro do curso de inglês dentro da bolsa — o livro que ele tinha dado para ela estudar, em lugar das folhas em fotocópia.

A lembrança trouxe uma aflição repentina, mais palpável, e Pedro logo pensou nos cuidados, nas atenções de que Rosane precisava — pelo menos era essa sua certeza. Com uma ponta de incômodo que descia até o fundo, subia e voltava a descer e a furar mais fundo, Pedro sentiu de repente, numa onda, a fragilidade de Rosane. Ela surgiu vulnerável demais, exposta a tudo — ainda mais na situação em que os dois estavam naquele momento. Ele num ônibus e ela, quem sabe, num outro ônibus ali perto, no mesmo rumo. Ou talvez Rosane já estivesse lá, caminhando na direção de sua casa. Atenta, mas sem aparentar desconfiança; depressa, mas sem correr.

Traga um sorriso e leve um amigo. Seria mesmo assim a frase que Rosane tinha na porta do seu armário? — Pedro hesitou por um momento. A frase de que ela gostava tanto, como outras do mesmo tipo. Pedro devia ter lido umas quarenta vezes as letras bem desenhadas na porta empenada do armário, que abria sozinha de noite, bem devagar e com um rangido, enquanto os dois dormiam na cama estreita. Mesmo assim ficou em dúvida.

Ao redor, Pedro observou de novo o entorpecimento geral que reinava no ônibus. Sentiu em si mesmo como aquela moleza era assimilada na cadência da respiração dos passageiros, na meia-sombra que vinha das janelas sujas, no balanço dos buracos da rua, no ronco monótono do motor. Pois o ônibus agora seguia bem devagar, sempre em segunda ou terceira marcha, um longo trecho sem parar. Avançava em velocidade baixa e constante por um corredor lateral que se formara na pista da direita, onde os ônibus seguiam de perto uns aos outros — a dianteira de um bem perto da traseira do outro, numa espécie de comboio.

Pedro avaliou aquela calma de anestesia que se havia formado entre os passageiros — o sono, o meio sono, o esquecimento que atraía, sugava, a repetida promessa de um descanso. Comparou o que via com aquilo que na certa o aguardava no Tirol. Comparou o que via com sua aflição a respeito de Rosane e também com o que sua aflição por uma só pessoa representava, multiplicada para o caso de tanta gente que devia estar na mesma situação que ela e ele. A imagem dos passageiros no ônibus e a imagem do Tirol pareceram duas coisas tão incompatíveis — e, mais ainda, a experiência do ônibus se mostrava tão presente, tão real — que Pedro chegou a acreditar que era mesmo impossível ter acontecido alguma coisa séria no Tirol: devia ser mais um boato, mais um exagero. A má fama pura que sozinha, no entanto, podia produzir os fatos.

De relance, no espelho retrovisor, Pedro viu de novo os olhos do motorista — uma luz rápida no piscar das pálpebras. De costas, ele vigiava o marasmo dos passageiros, já na expectativa de alguma mudança, alguma reviravolta iminente. Também o motorista tinha um cansaço no olhar. Entretanto, fosse a sonolência no ônibus, fosse a dor no tornozelo, fosse o peso da mochila — onde Pedro levava uma muda de roupa para o fim de semana —, por qualquer motivo que fosse, Pedro viu sua preocupação com Rosane se tornar cada vez mais difícil, mais pesada. Naquela situação, quanto mais pensava nela, quanto mais sentia que tinha de estar perto dela, maior a dimensão que a cada minuto ganhavam, em seu pensamento, certos detalhes do jeito de Rosane.

Por exemplo: não era raro Pedro se distrair, se esquecer, não notar. Mas de repente se impressionava mais uma vez ao ver como Rosane não conseguia ficar indiferente a quase ninguém no Tirol. Ela perguntava, conversava, queria saber a respeito das pessoas. Pedro via com clareza que o interesse de Rosane não era consciente, ela nem pensava no que estava fazendo. É verdade, havia quem interpretasse mal aquilo e achasse que era só uma fofoqueira. Pedro tinha ouvido comentários e no fundo podia haver um pouco disso, só um pouco. Mas muito mais constantes eram os que simpatizavam com ela, confiavam, contavam suas lembranças, expunham de repente seus pensamentos mais pessoais.

Rosane nem precisava perguntar nada. Bastava ela repetir meia palavra que o outro tinha dito, bastava respirar no mesmo compasso, bastava olhar em silêncio na mesma direção que o outro, deixar que o olhar se demorasse naquele ponto por mais tempo do que o necessário para enxergar o que estivesse lá — bastava uma sintonia que Pedro sentia, com toda certeza, ser impossível para ele imitar —, bastava mesmo isso para que o outro, mulher ou homem, jovem ou velho, contasse alguma coisa mais séria, falasse de um caso antigo ou recente, que na mesma hora ganhava uma carga, um significado especial, sob o efeito da atenção de Rosane. Também isso aumentava as preocupações de Pedro: sem saber, ela parecia estar chamando um inimigo forte demais, tomando para si um peso muito grande. Com o tempo — assim parecia a Pedro — ela não conseguiria mais resistir a toda a pressão acumulada.

Também ao lado dela, Pedro se distraía, sua observação pulava de uma coisa para outra. Ainda assim o que via era o suficiente para ficar um pouco cismado. Era o suficiente para que agora, de pé, no ônibus, ao pensar em Rosane, ao procurar Rosane no fundo da sua cabeça, tivesse a impressão de que o interesse dela pelo que as pessoas contavam não se limitava apenas às pessoas propriamente ditas — uma de cada vez, separadas uma da outra. Mais do que conhecer, mais do que querer compartilhar alguns detalhes, ela queria entender, queria montar um quadro, ela procurava a confirmação de alguma coisa anterior. O que podia ser, nem Rosane saberia explicar. Também isso era visível.

De todo modo devia ter alguma relação com os planos que ela fazia: esse foi o caminho que o pensamento de Pedro seguiu. Porque Rosane não parava de inventar planos. Na maioria, a respeito de cursos que ela ia fazer, depois de concluir o ensino médio. Havia obstáculos por todos os lados. Ela trabalhava em horário integral e, para estudar, só restavam as noites e os fins de semana. Ia precisar de dinheiro para fazer a maioria daqueles cursos, nem que fosse só para pagar as passagens de ônibus todos os dias, no caso de conseguir uma bolsa, ou um empréstimo, ou uma vaga numa faculdade gratuita. Mesmo assim, Rosane achava viável e fazia seus planos com gosto, esmiuçava os detalhes. Sentia-se bem montando as peças daquele futuro — isso era bem visível —, enquanto Pedro se via reduzido a apenas escutar e concordar.

Havia cursos técnicos e profissionalizantes, e também havia faculdades. Ora ela falava num curso de auxiliar de enfermagem, ora num curso de hotelaria, ora num curso de nutrição, ora pensava até em ser advogada. Essa variedade de direções, em que não se manifestava uma lógica, uma constância, nem um laço pessoal com as atividades, tinha em troca alguma coisa a ver com a diversidade das histórias que Rosane ouvia de seus vizinhos. Havia um nexo, era o que Pedro achava: cada história, cada pedaço de experiência que os vizinhos contavam era um perigo muito presente, familiar até demais, que tomava formas novas a cada relato. Um perigo a que — Rosane sentia — era preciso dar uma resposta.

Por seu lado, Pedro nunca fazia planos: olhava uma coisa, ouvia outra e de repente, quando via, o dia tinha terminado. Pedro nem havia chegado a concluir sua faculdade gratuita. Um dia se viu no meio de uma briga entre guardas e ambulantes na rua, um cavalo assustado o pisoteou, um amigo advogado conseguiu arrancar uma indenização da prefeitura e agora Pedro tinha uma pequena livraria em sociedade com ele. Como planejar, como querer uma coisa dessas?

Ele via muito bem que o trabalho de Rosane, no escritório de advogados onde aquele mesmo amigo trabalhava, a deixava esgotada ao fim do dia. Pedro via que os planos de Rosane quase não levavam isso em conta. Dela, pediam tudo: que servisse café, água, lavasse a cozinha e o banheiro e passasse aspirador, esvaziasse lixeiras, que fosse ao fórum ou ao escritório ou à casa dos clientes levar e trazer papéis, pediam que copiasse ou corrigisse documentos no computador, que atendesse clientes no telefone e na recepção, que abrisse mão do horário de almoço para pesquisar às pressas em arquivos antigos do advogado mais velho — e às vezes tudo no mesmo dia.

Rosane ficava o dia inteiro para lá e para cá, dentro e fora do escritório, em troca de um salário que era pouco mais do que nada, quase que só o suficiente para pagar a comida, o transporte e alguma roupa. Mesmo assim — Pedro percebia —, os patrões ainda se lamentavam, achavam que era muito, que tinham muita despesa com os empregados, deixavam claro que cumpriam um papel social oneroso ao dar emprego às pessoas, ao pagar salários e reconhecer alguns direitos. Nada de especial tinha acontecido, a situação era a mesma de antes. Mas só ultimamente Pedro começou a ter a sensação de que os patrões, se precisassem, sem sequer notar o que estavam fazendo, seriam capazes de retirar até a última gota de energia de Rosane e deixá-la exaurida.

E foi quando pensava nos planos de Rosane que Pedro lembrou: no Tirol, havia um morador antigo. Um amigo do pai de Rosane desde o tempo em que o Tirol foi loteado e ocupado. Tinha uma cicatriz de queimadura no pescoço, um feixe de rugas esticado até a orelha e que dali se espraiava pelo topo da cabeça, quase sem cabelos. Um acidente muitos anos atrás, com um bujão de gás que vazou dentro da cozinha onde estavam três sobrinhos pequenos. Num impulso, ele se agachou, abraçou o bujão contra o peito, levantou e carregou às pressas para o quintal. Durante aqueles dez ou doze segundos — durante aquelas passadas corridas para saltar os degraus da porta rumo ao pátio do lado de fora da casa —, um halo azulado envolveu sua cabeça num silêncio completo e numa ilusão de transparência. Ele perdeu todo o cabelo. No hospital, onde ficou semanas, acharam que ia morrer e avisaram à família.

Agora estava sentado à mesa da cozinha na casa de Rosane, com ela e com Pedro, no finzinho de uma tarde de sábado, como acontecia algumas vezes nesse horário. Trabalhou como guarda-vidas na praia, desde o tempo em que se instalou no Tirol. Costumava contar casos de salvamentos e de afogados. Naquele dia, na mesa da cozinha, lembrou-se de um amigo, do seu tempo de adolescente, que saía com ele de bote até um lugar onde o mar era parado e bem fundo. Os dois mergulhavam pelo gosto de afundar na água quieta e verde-escura da enseada.

Um dia, ele e o amigo começaram a brincar de mergulhar cada vez mais fundo, cada vez por mais tempo. Chegou um momento em que ele, depois de subir, achou que já era demais, não quis continuar. Segurou-se ofegante à borda do bote, descansou a cabeça molhada sobre o braço, o corpo meio que boiando na água fria e, com as palavras cortadas pela respiração, disse que não ia mais descer. Mas o amigo insistiu, zombou, fez pouco da sua falta de ânimo. Respirou várias vezes seguidas, enchendo os pulmões, dilatando as costelas, afundou e não voltou mais.

Ele ficou no bote esperando, esperando, sentado no banquinho da parte traseira, enquanto o céu aos poucos escurecia, se fechava à sua volta. Ele olhava fixo para a água parada, sem saber o que ia fazer, sem saber o que ia dizer aos pais do amigo quando voltasse.

Falava tudo aquilo com voz muito lenta. Deixava as vogais vibrarem na garganta, no oco do pescoço largo. Dava detalhes bem concretos do que contava. Conhecia o canto de diversos passarinhos, conhecia seus hábitos, o seu trato com os filhotes. Num relance, em pleno no ar, distinguia os machos das fêmeas por uma faixa escura na cabeça ou pela cor das penas em torno do bico. Plantava vários tipos de chá no pouco de terra que tinha em sua casa, rente ao muro: boldo, saião, camomila, hortelã. Sua calma não estava só na voz, não estava só na economia de palavras fortes. Estava nos movimentos pausados dos braços, nas manobras dos dedos roliços, pacíficos, sobre a mesa — no jeito como catava migalhas de pão ou juntava grãos de arroz caídos de um prato horas antes. Estava no jeito medido de andar, no balanço do seu corpo, mais para gordo do que magro. Usava boné o tempo todo, mesmo dentro de casa, por causa da cicatriz. A pala baixava sempre uma sombra até a metade do rosto bronzeado de sol. Naquela meia-sombra, ele respirava devagar, escutava os outros com atenção, dava tempo para todos pensarem.

No ônibus, Pedro lembrou-se do guarda-vidas porque, naquele sábado, no fim da tarde, sentado à mesa na cozinha da casa de Rosane, ele reclamava dos seus planos mal feitos. Mais exatamente, se queixava das dificuldades para pagar um empréstimo que havia tomado para fazer uma obra na sua casa. Tinha se aposentado como guarda-vidas e agora reforçava a renda trabalhando como guarda-vidas de piscinas em colégios e condomínios, situados a trinta ou quarenta quilômetros do Tirol, na outra ponta da cidade. Os patrões atrasavam o salário dois, três meses, e com isso ele atrasava as prestações, recebia ameaças do banco. Desanimado, falou que sua vida seria melhor se tivesse ficado na aeronáutica, como tinha planejado. Contou que havia servido entre os dezessete e os dezenove anos e, naquela época, se tivesse completado seis ou sete anos de serviço, poderia ter sido incorporado à aeronáutica para o resto da vida. Agora, com sua idade, já estaria na reserva, ganhando no mínimo o soldo de sargento.

Mas parou um pouco, pensou melhor e disse que os quase dois anos que viveu como soldado foram muito difíceis. Afinal, talvez tenha sido bom sair de lá. Mais que isso: Ninguém sabe o que poderia acontecer se tivesse ficado. Explicou que foi logo escalado para um grupo formado por cento e trinta soldados incumbido de missões especiais. Eu era o Trinta, disse ele, só me chamavam assim. Ninguém tinha nome, eu era o Trinta, o outro era o Setenta e Três, o outro era o Dezessete. E aí tentou explicar: Era aquela época em que os militares mandavam em tudo, sabe, era o regime deles.

Contou que todo dia os soldados daquele grupo eram espancados pelos oficiais, humilhados pelos sargentos. Punham todos em fila, ao ar livre, e vinham esmurrando, chutando, xingando um depois do outro, e depois voltavam, repetiam. Os soldados eram postos num ringue, dois a dois, e eram obrigados a trocar socos entre si até caírem com o nariz sangrando, a orelha cortada. Todo mundo berrava em volta. Todos os soldados viviam com hematomas na cara, nos braços, nas costas, nas pernas. Para escarnecer, os sargentos chamavam aquilo de camuflagem de pele.

Naquele clima alguns oficiais já tinham ficado meio enlouquecidos e ele se lembrava muito bem de um tenente que, quando não conseguia bater num soldado tanto quanto queria — ou quando não conseguia aprovação para mandar uns soldados darem uma surra em alguém de fora do quartel, alguma pessoa que o havia contrariado por algum motivo —, ficava com tanta raiva que pegava a pistola e dava um tiro no próprio pé. Já tinha estourado à bala três dedos de um pé e dois do outro.

Pedro se espantava e, quanto mais achava difícil acreditar, mais o guarda-vidas contava, mais detalhes fornecia, como se ele mesmo não achasse muito fácil acreditar e precisasse de uma nova confirmação. Explicou que os sargentos e oficiais agiam daquele modo dia e noite, sem pausa, sem descanso. E então, quando ninguém esperava, metiam os soldados em caminhões fechados por lonas, todos em roupas de guerra, com capacetes, fuzis e cassetetes presos na cintura. Sentados em duas filas, uma de frente para a outra, os soldados não sabiam e nem viam para onde estavam indo.

De repente, o caminhão parava com um tranco mais forte, todos se seguravam embaixo do banco. Os sargentos abriam as abas de lona, mandavam todos descer e diziam que os comunistas estavam lá — terroristas, subversivos. Repetiam as palavras e assim, meio atordoados de tanto apanhar, de tanto ouvir gritos na cara o tempo todo — contou o guarda-vidas —, os soldados partiam para cima das pessoas — uma reunião, um comício, uma passeata, o que fosse. E nem viam nada, nem enxergavam quem estava na frente, iam espancando — contou ele, devagar, calmo, mas abanando as mãos grandes: Podia ser mulher, velho. Tinha um zumbido dentro da cabeça da gente que não parava nunca e a gente ia lá e quebrava tudo, pisava com a bota, chutava.

Outras vezes a aba de lona do caminhão abria e os soldados se viam diante de uma delegacia, que podia ser de um bairro meio distante ou até fora da cidade. Eles invadiam a delegacia, batiam em todo mundo, humilhavam os policiais, os presos, o delegado, quebravam máquinas de escrever, cadeiras, jogavam os papéis para o alto. Se alguém tentasse qualquer coisa, ou só falar — disse ele —, metiam logo uma coronhada nas costelas. Tudo porque, dias antes, algum oficial achava que sua autoridade não tinha sido reconhecida pelos policiais daquela delegacia.

Ou então, quando a lona do caminhão abria, os soldados estavam na porta de um edifício de apartamentos de um bairro de gente mais rica. Os oficiais diziam para os soldados que tinha drogas num apartamento — drogas, drogas, repetiam — e que eles iam entrar e arrastar para o quartel quem estivesse lá dentro. Cercavam o prédio, cercavam o quarteirão, quem reclamava apanhava na hora — contou ele. A gente nem enxergava nada, ia chutando a grade, a porta. Agarrava o porteiro do prédio, espancava o coitado no chão, puxava para fora do elevador quem estivesse lá dentro, entrava à força no tal apartamento e podia ser mulher ou velho, podia ser qualquer um, a gente pegava e arrastava.

Então ele fez uma pausa. Com os dedos grossos, gordos, varreu bem devagar para a beira da mesa os grãos de arroz que havia juntado. Empurrou os grãos de arroz para a palma da outra mão, virada para cima, encostada à beira da mesa. Pedro se distraía acompanhando aquelas manobras, aquele cuidado. O que ia fazer com os grãos? Mas tinha importância? Acabou que apenas fechou os dedos sobre eles e deixou a mão apoiada sobre a mesa. Mas agora Pedro já não duvidava: tinha de acreditar no que o guarda-vidas estava contando. Por seu lado, Rosane e o pai escutavam com atenção, com uma calma fria, mas também com familiaridade, receptivos ao que o outro dizia, como se já soubessem de tudo mesmo antes de ouvir.

Aconteceu que o quartel daquele grupamento de soldados ficava ao lado do aeroporto, na beira do mar. Na verdade era uma continuação do aeroporto. Aliás, foi a uns seis quilômetros dali, naquela mesma baía, que ele e o amigo quando adolescentes haviam brincado de mergulhar cada vez mais fundo, alguns anos antes. Havia uns porões no quartel, celas cavadas na rocha, e os oficiais levavam as pessoas presas para lá. Ele, o Trinta, como os outros soldados, nunca ia até lá embaixo. Mas todos sabiam que os presos levavam surras, podiam sumir da noite para o dia. Sabiam que lá dentro ficavam alguns presos políticos, mas também gente com quem algum oficial tinha uma rixa, ou até outros militares, mesmo soldados do próprio quartel. Os soldados sabiam que mais de um militar já tinha sido morto ali dentro, por vingança de outros militares. No entanto, um dia, o Trinta também acabou indo lá para baixo, porque ele também foi preso.

Os soldados tinham uma escala de sentinela e, numa noite, o Trinta ficou de vigia no posto mais afastado, nas pedras, bem na beira do mar. A noite estava muito escura, muito quieta. Uma neblina rala flutuava rente à água do mar. Os oficiais viviam assustando os sentinelas, falando para não cochilar, não se distrair. Diziam que os terroristas apareciam de repente e fuzilavam na hora, sem avisar nem nada. Podiam jogar uma bomba. E não eram só os terroristas. Os sargentos avisavam que eles mesmos, e os oficiais, podiam chegar de noite, de arma em punho, escondidos, rastejando no escuro, e atirar no soldado que estivesse dormindo só para castigar o descuido.

À noite, de sentinela, o Trinta vivia apavorado. Tinha medo até dos barcos pequenos, precários, que passavam devagar, a duzentos metros das pedras. Nervoso, ouvia o motor velho estalar bem de leve, aquelas batidas secas, ritmadas, no meio do silêncio. Erguia o fuzil, arregalava os olhos para o mar, fixava a luzinha amarela que se arrastava, rasa, na escuridão. Seguia a luz, sempre na mira do fuzil, até ela sumir do outro lado, muito tempo depois de não se ouvir mais os estalidos do motor.

De repente, ele viu no escuro dois pontos luminosos pequenos e iguais, não no mar, mas em terra. Dois olhos brilhavam bem longe — tinha de ser uma pessoa. Ergueu o fuzil, apontou. Gritou, gritou de novo logo depois, com o peito apertado, a voz curta. Não veio resposta. Gritou mais uma vez. Os dois olhos nem se mexeram. O Trinta sabia que não podia esperar mais: seria metralhado. Fez pontaria, prendeu a respiração e puxou o gatilho do fuzil. Por trás do estampido, deu para ouvir o esvoaçar de um pássaro grande, um sacolejar de galhos. Por trás da fumaça, ele viu que uma coruja voou e folhas de árvore se espalharam em volta. Soaram também os estalos de umas quatro ou cinco batidas de asa e a coruja logo sumiu no escuro, num voo em curva, próximo ao chão.

Mas a bala que errou a coruja seguiu em frente. Atravessou duas paredes de tábuas grossas de um galpão, atravessou também a parede de cimento e tijolos de um prédio, uma porta velha de madeira maciça, a escrivaninha de compensado de um oficial, atravessou uma gaveta, chamuscou e arrepiou os papéis lá dentro e foi cravar-se na parede atrás da cadeira de rodinhas que ficava encostada à mesa. Com os gritos e o tiro, o alarme geral disparou. A área do aeroporto ficou logo cheia de soldados e oficiais, de armas em punho.

O Trinta foi zombado, xingado, chutado, levado para o porão com as celas de paredes de pedra. Lá dentro, ouviam-se as batidas do mar, bem perto, o tempo todo. Era tão fundo que muitas vezes o rumor das ondas parecia vir de cima. O cheiro de maresia era forte, constante. A pele ficava oleosa de sal. O Trinta viu confirmado o que os soldados já sabiam sobre o porão. Quando saiu de lá, três dias depois, a sensação de alívio — necessária, segura — foi quase totalmente sufocada por outra sensação: o medo, cem vezes maior e mais duradouro, que ele passou a ter dos superiores e de quase tudo no quartel.

Pois foi exatamente isso o que estragou os seus planos de fazer carreira na aeronáutica, explicou o guarda-vidas. Porque, uns dois meses depois, certa noite, ele ficou de sentinela no portão da rua, no comando de mais dois soldados. O tenente mandou: depois de tal hora, não passa mais ninguém por este portão. De madrugada, apareceu um carro com um motorista à paisana. O Trinta disse que ali não passava ninguém. Tinha de dar a volta inteira e entrar pelo outro portão. O tenente mandou, não adianta. Em resposta, o motorista reclamou: Deixe eu passar que sou o major.

Mas o sujeito estava visivelmente embriagado, não mostrou nenhum documento. O Trinta repetiu que não ia passar ninguém, era ordem do tenente. O homem saiu do carro: Você está maluco? Sou o major. Começou a gritar, avançou para cima do Trinta como se fosse meter a mão na sua cara. O Trinta sacou a pistola da cintura, encostou no meio da testa do homem, empurrou com força e mandou ele ficar de joelhos. Gritou, fez uma cara tão feroz que o sujeito ficou mesmo de joelhos e chegou a tremer, branco, de repente. O outro soldado veio por trás e falou: O que está fazendo, ficou maluco? Ele diz que é o major, não está vendo? O Trinta não quis nem saber — o tenente falou que não passa ninguém — e mandou o outro soldado disparar o alarme da guarda. Quando o tenente veio lá de cima, correndo, esbaforido, ficou furioso. Mandou prender o Trinta de novo e dessa vez ele foi a julgamento no dia seguinte.

Alguns oficiais já não gostavam do Trinta, queriam vingança, todas as punições. Mesmo os que não se importavam com ele entraram naquele espírito, empolgados pela ânsia de castigar. Mas havia um coronel mais velho que tinha simpatia por ele, protegia, e na hora do julgamento absolveu o guarda-vidas. Só que o coronel ia passar para a reserva dali a alguns meses e o tal major, depois do julgamento, chegou perto do Trinta e sussurrou na sua cara: Pode esperar que, depois que o seu padrinho for embora, vou massacrar você.

Pensando nos militares presos naquelas celas de parede de pedra, assustado com o que contavam sobre eles, o Trinta resolveu pedir baixa antecipadamente: sem o coronel, não ia ter mais ninguém ali que o protegesse. Sentado à mesa na cozinha da casa de Rosane, o guarda-vidas abriu a mão, olhou para os grãos de arroz sobre a pele cor-de-rosa, atravessada por rugas e cicatrizes minúsculas, e fechou os dedos outra vez.

Pensando bem, disse ele, acho que foi melhor mesmo eu sair da aeronáutica. E contou que era raro, mas acontecia: de vez em quando encontrava por acaso, na rua, algum colega daquele tempo e tinha a impressão de que todos tinham ficado meio doidos. Nenhum deles parecia ter uma vida normal, com família, trabalho. Uma vez, contou o guarda-vidas, eu estava numa calçada meio vazia, longe daqui. Estava quase escurecendo, era aquela hora em que corre um ar mais fresco, mais leve. Os passarinhos gostam. Parei porque vi um casal de sanhaços voar para os galhos de uma árvore bem grande, achei que devia ter um ninho ali em cima e fiquei olhando.

Aí uma voz do meu lado, bem perto, chamou: Ô Trinta! Levei um susto. Só podia ser do quartel, naquela época a gente nem sabia mais o nome uns dos outros. Virei e vi um homem alto, ombros curvados para a frente. A cara cheia de rugas bem fundas, as sobrancelhas peludas. O cabelo oleoso, grosso e bem cinzento, bem penteado para trás, mostrava que ele tinha uma cabeça meio pontuda. Vestia uma espécie de capa de chuva gozada, curta. Reconheci aos poucos: Setenta e Quatro! A gente se cumprimentou. No tempo do quartel, ele era um rapazinho ágil, que sabia tapear os oficiais. Me contou que agora estava trabalhando para a polícia. Que polícia?, perguntei. Coisa especial, respondeu. Sou matador, ganho um bom dinheiro por serviço. Não quer entrar nessa, me perguntou. A gente divide. Estou indo agora numa missão. Fiquei espantado, mas achei melhor disfarçar, não disse nada. Aí ele abriu um pouco a capa e, por dentro, presa numa alça de plástico, tinha uma submetralhadora.

O guarda-vidas tinha ido à casa de Rosane naquele fim de tarde para pegar um livro: Pedro costumava trazer livros de segunda mão para o guarda-vidas. Sobre passarinhos, com fotos, mas também sobre discos voadores e sobre o que o guarda-vidas chamava de "viagens astrais" — a alma se desprende do corpo a qualquer momento e voa até o fim do universo para depois voltar, tudo num segundo. O guarda-vidas gostava especialmente daqueles livros. Parecia acreditar, mas só até certo ponto, não tomava ao pé da letra. Fazia da leitura um uso calculado, prático. E por algum motivo — talvez por causa de uma foto de um passarinho numa árvore — também contou para Pedro que, quando esteve na aeronáutica, tinha feito treinamentos na área de brejo e mata junto ao Tirol, a área chamada de Pantanal.

Contou que no Tirol, naquele tempo, só moravam militares, em casas bem separadas e todas iguais. Na mata do Pantanal, os soldados do seu grupamento tinham de fazer um percurso complicado, de dia ou de noite, com o equipamento completo preso nas costas, no peito, na cintura. Atravessavam espinheiros quase correndo, de cabeça baixa, protegida pelo chapéu de lona. Entravam no pântano com água fedorenta até o sovaco e andavam com os braços erguidos acima da cabeça e o fuzil seguro nas mãos. As calças e as botas se enchiam de água. Escondidos, outros soldados atiravam neles, jogavam bombas. Havia muitos feridos, no final, muitos desmaiados. Havia bichos, sanguessugas, cobras, até jacarés, naquele tempo. Sério, jurou o guarda-vidas. Jacarés desse tamanho. Sem falar nos insetos, que a gente tinha de pegar e comer, porque os soldados ficavam três, quatro dias no mato sem comida e sem água.

Os insetos, as vespas, as lesmas, as aranhas. *Pepsis* e *Lycosa*. O ônibus deu uma freada brusca e Pedro segurou-se com mais força à barra de alumínio acima da cabeça, para não ser empurrado para a frente. O motorista tentou desviar para o canto direito da pista, passar bem rente ao meio-fio. Mesmo assim a roda dianteira entrou em cheio num buraco enorme. Os olhos do motorista surgiram de relance no espelho retrovisor interno. O tranco sacudiu todos os passageiros, que se seguraram onde puderam. Um que estava dormindo perto de Pedro quase caiu do banco.

Outros passageiros que também acordaram com o tranco olharam em volta para ver em que altura da viagem estavam: ainda faltavam alguns quilômetros para a tal praça da Bigorna. De lá, ao que parecia, teriam de seguir a pé até o Tirol. A lembrança dos treinamentos do guarda-vidas no Pantanal trouxe à memória de Pedro as histórias que, no Tirol, contavam sobre aquele lugar. Era uma área muito grande, toda cercada por um muro alto, velho, com buracos em alguns pontos por onde podia passar uma pessoa, mas o muro era vigiado por soldados em guaritas de concreto, muito afastadas uma da outra.

Durante décadas a área foi usada para treinamentos pesados, inclusive com artilharia. A construção de casas próximas ao muro obrigou o exército a simplificar e reduzir os treinamentos. Mesmo assim todos sabiam que, espalhados e ocultos na terra, por baixo do mato rasteiro ou nos trechos alagados, havia uma grande quantidade de explosivos que não detonaram nos exercícios. Dezenas de milhares de cápsulas, granadas, obuses, minas, segundo os cálculos do exército. Apesar do tempo, muitas daquelas peças podiam explodir a um simples esbarrão e causar ferimentos graves.

Por isso não só o Pantanal não era invadido por pessoas que quisessem construir casas, como quase ninguém se aventurava a entrar lá. Havia muitas placas para alertar do perigo. O exército às vezes anunciava que ia limpar a área, mas os especialistas sempre concluíam que era impossível garantir um mínimo de segurança, tamanha a quantidade de explosivos. De fato, toda a vizinhança no Tirol lembrava de ter ouvido algum dia explosões no Pantanal. Detonações aparentemente espontâneas, em plena madrugada ou ao meio-dia, que aos ouvidos dos moradores não se confundiam com o som dos tiros da polícia e dos criminosos locais.

Era raro, no entanto alguns catadores de ferro velho teimavam em buscar no Pantanal material para revender. Ao longo dos anos houve casos de um ou outro catador perder a mão, por tentar desmontar um velho projétil desenterrado no Pantanal. Os catadores não eram totalmente desinformados, tinham uma certa noção de explosivos. Por isso tentavam detonar apenas a carga de propulsão, que lança o projétil, para evitar que a carga principal, a mais perigosa, explodisse. Apesar das precauções, o material era antigo, os componentes haviam se alterado, o controle era difícil e os relatos de amputações serviam para aumentar a reputação de um local perigoso.

Nas poucas vezes em que Pedro passou perto do Pantanal, em companhia de Rosane, viu acima do muro a copa imensa das árvores, os vários tons de verde que o sol realçava. Viu insetos revoando em círculos no ar quente acima das folhas lustrosas, recobertas por uma espécie de gordura. Mesmo dali, Pedro pressentia o silêncio que se aprofundava na mata densa, em contraste com o ruído das ruas do Tirol, onde não havia quase nenhuma árvore ou planta.

E agora no ônibus, de pé, abraçado à mochila, de novo se equilibrando depois da freada, Pedro pensou nos pequenos parágrafos retirados dos relatos do Darwin sobre suas andanças nas florestas, suas observações de bichos e plantas, os predadores e as presas. O que ele queria dizer? Se uns sobreviviam e outros não, era porque alguns eram superiores? Quem sabe se naquele mesmo Pantanal o Darwin não tinha apanhado algum sapo, alguma vespa, não tinha metido os dedos na teia de alguma aranha hábil na sobrevivência? Várias daquelas árvores enormes já deviam estar lá quando o cientista percorreu a região, imaginou Pedro. E fez as contas dos anos.

Lembrou então que teria de saltar do ônibus na Praça da Bigorna. Imaginou que a praça podia muito bem ficar perto do Pantanal: a área militar fazia divisa também com outros bairros vizinhos ao Tirol. Pedro sabia que teria de ir a pé por ruas e caminhos que não conhecia, teria de perguntar a alguém, mas não sabia se iriam lhe explicar, nem se haveria alguém para perguntar: barracas, lojinhas e casas poderiam estar fechadas, se a situação estivesse muito grave. Pedro observou bem o rosto de alguns passageiros sentados à sua volta e achou que deviam estar pensando a mesma coisa que ele, enquanto olhavam concentrados os próprios joelhos, com a cabeça um pouco abaixada. Alguns tinham fones de música e de rádio nos ouvidos, uns três ou quatro comiam biscoitos.

Pedro quase lia os pensamentos daquela gente, já eram familiares. Mas, como na fila, no início da viagem, Pedro sentiu também que não era um deles. Sentiu aquilo com perfeita certeza e junto veio uma sensação de alívio, mas também de remorso: a sensação de uma ponta de maldade — maldade velha, repetida, que nem era dele, pessoal. E sem mais nem menos surgiu completa na sua cabeça a imagem dele mesmo na mata do Pantanal, com aquela mesma roupa que ele estava, com aquela mesma mochila onde trazia o livro sobre o Darwin.

Molhado, cansado, enlameado, Pedro pisava tateante, com cuidado, o solo seco ou o fundo dos charcos, onde as pernas afundavam até a coxa na água gelada, grossa. Tinha anoitecido, mas havia um luar forte e, nos trechos mais alagados, onde as árvores não encobriam a visão, Pedro avistava as estrelas no alto, em pontos incandescentes contra o céu preto. Noutros trechos, porém, em que as copas das árvores se fechavam muito espessas, ele não enxergava quase nada. Parava, dava um tempo na tentativa de habituar as pupilas, piscava os olhos. Por fim, voltava a andar ainda mais devagar, pisava ainda mais de leve, no temor de causar alguma explosão.

Os espinheiros continuavam lá, altos, cerrados. Ele tinha de contornar e procurar um caminho, seguindo dentro dos charcos nos trechos alagados. De vez em quando ouvia um sapo de um lado, um outro sapo mais adiante, um grilo piava, e Pedro parava de novo e ficava escutando a própria respiração na garganta. Ou então, depois de um silêncio comprido, um sapo começava uma série ritmada de estalos, numa cadência hipnótica, num timbre metálico, sons que pareciam não ficar para trás, sempre ao seu lado, por mais que Pedro avançasse. Ele tinha de chegar ao Tirol, à casa de Rosane. Ela já devia estar lá, com o pai e a tia, em volta da mesa na cozinha. Só faltava o Pedro. E surgiu na sua memória a imagem de Darwin atravessando o rio, a água lisa, escura, a vara do escravo que tocava o fundo para impelir a balsa.

Pedro parou de andar, ergueu os ombros, acomodou melhor a mochila nas costas. A cada passo, ouvia o rangido dos tênis cheios de água, o gemido das meias encharcadas, sentia o tornozelo esquerdo doer, o que o obrigava a andar mais devagar ainda, a pisar ainda mais leve, adivinhando onde estavam as bombas. A testa suava, o suor pingava na ponta do nariz, os pés e as canelas estavam gelados da água dos charcos, o coração pulsava forte nos ouvidos. Em volta, insetos, sanguessugas, talvez até algumas com o focinho em forma de trombeta.

Outra arrancada violenta do motor do ônibus logo seguida de uma freada brusca e Pedro viu as lanternas vermelhas dos freios brilharem com mais força nos carros e nos ônibus à frente e em volta, enquanto ele segurava com mais força o tubo de metal acima da cabeça para não cair. Estava quase de noite agora. Ninguém dormia no ônibus, exceto a trocadora, sua cabeça apoiada sobre os braços cruzados em cima da mesinha onde guardava o dinheiro. Os passageiros olhavam para as janelas, espiavam discretamente uns para os outros.

O homem com uniforme de uma firma de consertos de eletrodomésitcos tentava ler uma folha do caderno de esportes do jornal, mas estava escuro no seu banco. Pedro começava a ver a si mesmo no reflexo do vidro: sua imagem surgia mais nítida à medida que escurecia lá fora, assim como as imagens dos outros passageiros. Pedro procurou os olhos deles no reflexo das janelas. Mal se enxergavam os olhos debaixo das testas pesadas, talvez de tanto cansaço. Alguém lá na frente perguntou e Pedro ouviu o motorista responder que, se o trânsito não piorasse nem tivessem de desviar o itinerário, faltavam só uns quinze minutos para chegar.

1ª EDIÇÃO [2010] 3 reimpressões

ESTA OBRA FOI COMPOSTA PELO GRUPO DE CRIAÇÃO EM ELECTRA E
IMPRESSA EM OFSETE PELA GRÁFICA PAYM SOBRE PAPEL PÓLEN DA
SUZANO S.A. PARA A EDITORA SCHWARCZ EM JUNHO DE 2025

A marca FSC® é a garantia de que a madeira utilizada na fabricação do papel deste livro provém de florestas que foram gerenciadas de maneira ambientalmente correta, socialmente justa e economicamente viável, além de outras fontes de origem controlada.